Ovesta ensimmäinen

*Omistettu kaikille Ovesta Ensimmäisille ja heistä
huolehtiville sairaan hyville hoitajille*

KAIJA-RIITTA GRÖNHOLM

Ovesta ensimmäinen

© Kaija-Riitta Grönholm

Kansi: Päivi Nummenranta

Taitto: BoD – Books on Demand

Talvisodan ihme: Kaisa-Reetta Kivistö

Kustantaja: BoD – Books on Demand, Helsinki, Suomi

Valmistaja: BoD – Books on Demand, Norderstedt, Saksa

ISBN: 978-952-339-698-2

I.

Polvet osuvat kyynärpäihin, kyynärpäät ovat painautuneet rintaani vasten. Kiinni puristetut nyrkkini nojaavat leukaani ja minä makaan hiljaa. Minä olen maannut hiljaa kolme vuotta.

Olen paikalla 8b. Vuosi sitten olin vielä 6b. Muuta matkaa en ole vuosiin tehnyt. Elämääni ylläpitää hoitajakaarti, joka leipänsä eteen hoitaa kaltaisiani kolmessa vuorossa. Olen jalaton ja kädetön, en voi kääntyä, en sanoa sanaakaan. Teen vaippaan kaikki tarpeeni ja hoitajat syöttävät ja juottavat minut.

Olen hiljaa – olen siis tyytyväinen. Olen helppo vuodepotilas. Minä, kaikista hiljaisin ja pienin, jäykin ja toivottomin. Silti elossa - näen ja kuulen. Kukaan ei tiedä kuinka minä kuulenkaan kaiken. Rekisteröin käytävän oven kolahduksen ja pihaan ajavan maitoauton pysähdyksen. Voi kuinka hoitaja tietäisikään, kuinka tunnen hänet. Tunnistan heidän askeleensa, tavan tarttua oven kahvaan, hengityksen ja lähestyvät kasvot minä näen hyvin. Tyynyllä lepäävä pääni pitää sisällään maailman, mistä kukaan muu ei ole tietoinen.

Haluan pitää kiinni ainoasta mitä minulla on jäljellä. Ajatuksistani. Kuvittelen tekeväni kaiken itse ja muistelen, miten onnistuin selviämään omin avuin. Olin ahkera ja työtä pelkäämätön. Päivääkään en työttömänä ollut ja vaikka sormiani pakkasessa paleli, niin herrasväen matot pestiin ja juuriharjalla lattiat kuurattiin. Olin piioista luotettavin ja siitä minut kylällä tunnettiin.

Vuoteessa paikallani maaten, reumatismin koukistamin sormin unohdan joskus, etten pysty liikuttamaan itseäni. Avaan suuni sanoakseni jotain, mutta yrityksistä huolimatta: ei äännähdystäkään. Olen ollut sanaton liian monta vuotta ja ajatukseni ovat hoitajien käyntien ohella ainoat, mitä elämästäni on jäljellä.

Huoneeni ovi aukaistaan, kellon täytyy olla liki seitsemän aamulla. Yöhoitaja kääntää minut viimeisellä kierrolla kasvot oven suuntaan ja pääsen näkemään kuka hoitajista on saanut minut aamun jaossa. Näkyy saaneen Anna minut potilaakseen. Hyvä niin, koska suihkupäivänä olisi ikävä joutua Kaisalle, jolla kiire tuppaa olemaan kaverina. Muuten se on hyvä hoitaja, mutta alituinen kiire käy kipeää. Anna avaa sälekaihtimet ja radion.

"tää ei tuu poistuu täältä koskaan, timantit on ikuisia ..."
Vaihtaisi rockenrollin pois ja pistäisi rauhallisempaa. Eilen nuori sijainen vaihtoi rokkikanavaan ja nyt Anna vääntää radion nuppia. Saako kohdalleen, välillä tuntuu hoitajilla olevan kanavat hukassa.
"ja mä lupaan pysyy aitona ja aina rokkaa koska timantit on ikuisia ..."

Tietääköhän äänensä käheäksi laulanut poika, ettei kaikki timantit ole ikuisia. Minun kissani Adamas eli vain seitsemän vuotiaaksi. Olisi saattanut elää pidempäänkin, mutta maatiaiskollin perässä juostessaan kuoli tielle. Ei se auton alle jäänyt, se juoksi itsensä hengiltä, kun oli tukevan sorttinen. Ei kuolinsyytä kukaan todistanut. Hyvä kissa se oli sen aikaa kun eli. Nyt radiosta kuuluu kaunista, anna sen jo olla!

Anna menee huoneeni vessaan ja palaa kampa ja hammasharja kädessään. Alkaa hampaanpesu hampaattoman suussa ja puristan suuni tiukasti kiinni. Mikään ei kuvota enempää kuin hammastahnaa täynnä oleva harja suussani. Jos olisi edes yksi hammas, niin purisin leukaluuni voimalla. Tietäisivät sitten. Tarvitaanko hampaita kaksi, että tuntuu puriessa. Jos ikenet ovat kovat, niin ei luulisi tarvittavan kuin yksi terävä hammas. En minä oikeasti hoitajaa purisi, korkeintaan näyttäisin kieltä. Ne käyttäisivät senkin tilaisuuden hyväkseen ja harjaisivat kieleni. Ovat niin ovelia, vaikka olen minäkin. En nimittäin avaa suuta tänäkään aamuna enkä näytä kieltä. Hampaatkin ovat tippuneet.

Anna on vahva ja saa suuni auki. Pesköön sitten, kun kerran haluaa. Tukkaa kampaa niin, että päänahkaa polttelee. Hyvää Anna tarkoittaa ja työtänsä tekee. Olkoon sitten niin. Pääasia, että rasvaa jalat ja kääntää välillä ikkunan puoleen. Anna täytti toukokuussa viisikymmentä vuotta. Piti juhlat sisarellaan Piikkiössä, maalla on isommat tilat. Pitopalvelu Lemminkäinen hoiti kaiken alusta loppuun ja vieraita ollut liki kuusikymmentä. Kunnon ruokapidot kuulemma ja ruoka riittänyt kaikille. Naapurin Antti oli

ajanut traktorilla ojaan humalapäissään, mutta oli
vaan nyrjäyttänyt nilkkansa. Mistäs minä muuten,
mutta kun olen kuullut hoitajien keskenään puhuvan.
Varsinkin suihkupäivänä kuulee parhaimmat jutut.
Saunatiloihin lyöttäytyy useampi hoitaja ja minulla
on aitiopaikka maanantaisen suihkupäiväni vuoksi.
Siinä kuulee viikonlopun kommellukset ja niille ei
arjen askareet vedä vertaa.

Tiedän osastoni hoitajista kaiken. Paljon enemmän
kuin he minusta. Huonettani pidetään turvallisena
puhua arkaluontoisista asioista. Eroista ja elatusmak-
suista, pankkijärjestelyistä ja mistä lie pikavipeistä.
Terveyssisarelle tulevat soittamaan huoneestani ja
hyvin tunnen hoitajieni terveydentilan. Paremmin
kuin lääkäri. Senkin tiedän, että sairaanhoitaja Es-
kon viime kesäinen angiinakierre oli lähtöisin naa-
puriosaston kesäsijaiselta. Siltä joka kuolasi Eskon
perään ja olisi kuulemma antanut vaikka mitä saa-
dakseen pojan itselleen. Ja taisi antaakin minä luulen
tai ainakin Esko sai kuolemantaudin kun minun huo-
neessani kävivät riiaamassa samassa tuurissa olles-
saan. Se oli sellaista kahden kauppaa. Siitäolenhyvil-
läni,ettäLeenanpikavippiasiatonsaatujärjestykseen
ja Terttu sai miehensä kanssa asiat vihdoin sovittua,
ikävää sellainen riitely lapsillekin on. Kyllä minä kuu-
len ja ymmärrän paljon kuulemastani, vaikka hoita-
jat eivät sitä taida hoksata. Minä en kuitenkaan levitä
kuulemiani tarinoita.

Olen hiljaa – olen siis tyytyväinen. Olen helppo vuo-
depotilas.

2.

Satoja pikkupesuja, kymmeniä kokovartalosuihkuja, lukemattomia hampaanpesuyrityksiä, vattantoimituksia ja muutamia kynnenleikkuita sitten minulla kävi jalkahoitaja.

Hoitajan päivittäistoimintojen kontrollikansiossa aikaa seurataan päivinä, viikkoina ja kuukausina. En ole vuosiin kyennyt seuraamaan kellon viisareita, joten minä keksin muunlaiset mittarit pysyäkseni ajanjuoksussa mukana. Minun mittarini ovat ruoka-ajat, vuoronvaihdot ja suolen toiminta. Ennen vanhaan toimitettiin vattaa, mutta nykyään puhuvat suolen toimituksesta. Minulle se on yks ja sama, koska toimituksen sisältö tuskin tulee koskaan muuttumaan sanan hohdokkuudesta huolimatta.

Iloisesti jutelleen jalkahoitajan jälkeen omahoitaja Terttu kävi virpomassa tuoreeks terveeks. Tiesi toki huoneeseen astuessaan, ettei minusta saanut tuoretta sen enempää kuin tervettäkään. Ei edellisvuonnakaan saanut, vaikka virpoi niin, että juhannuksena siivooja vielä keräsi serpentiiniä patterin välistä. Terttu tuli palmusunnuntaisin vuodesta toiseen tunnollisesti luokseni oksan kanssa. Paitsi silloin, kun oli sappikivileikkauksessa vuonna 1998. Toi sairaalasta näytille sappikivensä - komeat olivatkin. Niitä ihmeteltiin osastolla usean päivän ajan. Hoitajat ja potilaat, paitsi huoneen 15 pappa, joka oli umpi sokea. Nyt se pappapolo on taivaan kodissa ja mahtaa siellä

olla komiat maisemat ja vieläkin komiammat sappi-
kivikokoelmat. Meinaan niiden, joiden ei tarvinnut
jättää niitä tänne maan päälle.

Pääasia oli, että Terttu sai virpoa ja lausua lorun-
pätkänsä tänäkin pääsiäisenä. Minä sain pöydälleni
värikkään koivun oksan ja Terttu kuun viides palk-
kansa. Minä olen Tertun lempipotilas - Minä. Terttu
on sen kuiskannut korvaani enkä piittaa siitä, vaikka
Terttu kuiskisi niin muillekin potilaille. Minulle riit-
tää se, että Terttu on minun omahoitaja ja virpoo
minut joka vuosi ja laulaa syntymäpäivänä onnitte-
lulaulun. Tertulla on sydän paikallaan, vaikka sillä
on niitä rytmihäiriöitä.

3.

Kaatuneiden muistopäivänä meidät siirrettiin sängyissä juhlasaliin. Juotiin kahvia ja syötiin pullaa. Hoitajat söivät pullaa ja huonohampaiset sakeutettua kahvia ja pullamössöä lusikalla. Haitaria soittava sairaanhoitajaopiskelija oli herttainen näppärine sormineen ja nilkkansa kuntopolulla murtanut osaston ylihoitaja istui salin etuosassa ylvään näköisenä. Omaisia kävi keskiverto sunnuntaita enemmän ja eräät heistä eivät meinanneet lähteä pois ollenkaan. Eihän se minua harmittanut, ei ne minun huoneessani istuneet kikattamassa ja esittämässä aiponejaan. Paitsi naapurihuoneen Amalian kamala sukulaismukula, joka juoksi huoneeseeni välillä muka vahingossa. Minua kävi ihmettelemässä suurilla silmillään, kun en pystynyt irvistämään sille takaisin sen irvistäessä minulle.

"Jos ei heilaa helluntaina, ei koko kesänä."
Terttu nauraa minua pestessään. Terttu on nuori, viidenkymmenen ja ilman miestä elänyt monta vuotta – mitähän nauramista hänellä on. Minä olisin hävennyt silmät päästäni, jos en olisi tuossa iässä ukolleni kelvannut. Minulla ei ole ollut kymmeniin vuosiin heilaa helluntaisin, mutta minä olen vanha. Nivelrikon koukistamat sormeni eivät sytytä tulta hellaan sen enempää, kuin tarjoaisivat silliä uusien perunoiden kanssa ukolle, joka vatsa kurnien tulisi pitkän työpäivän jälkeen kotiin.

Onhan se Terttu kyllä naisihmiseksi rujonlainen ja tukkakin lyhyt kuin armeijan pojilla, mutta kyllä sen nyt luulisi vielä jollekin yksinäiselle miesparalle kelpaavan. Jos minä olisin voimissani, niin miehen järjestäisin, vaan en ole voimissani saati kukaan tuntemistani poikamiehistä olisi elossakaan. Hoitajaksi se on kyllä justiinsa jämpti, väkevä ja kuuluvaääninen. Osaa ja tietää kaikki temput ja puhuu kaikille niin kohteliaasti, tutuille ja vieraille. Nauraa käytävällä joskus niin, että kuuluu huoneeseeni asti, vaikka ovi käytävään on kiinni. Sitten kun ylihoitaja Lehtonen parin vuoden päästä jää eläkkeelle, niin Tertusta tulee hänen seuraajansa - sanokaa minun sanoneen, jos en ole enää silloin itse sanomassa.

Peittoa oikaistaan päälläni, kevyt taputus hartioillani, huoneen valo sammuu. Yötuuriin tullut hoitaja toivottaa hyvää yötä - *lepää rauhassa.*

Minusta se on kauniisti sanottu.

4.

Sataa kaatamalla. Katselen tien toisella puolella olevaa metsää. Se näyttää joka kerta erilaiselta. Se on houkutteleva vehreydessään ja pelottava silmän kantamattomiin jatkuessaan. Lapsuuteni metsä kotitalon takana ei pelottanut, sinne juostiin mielellään, leikittiin hauskimmat leikit ennen aikuisuuden tuomia velvollisuuksia. Sitten yhtäkkiä ei enää juostu jouten, aina oli syynsä. Käytiin poikia pussaamassa tai keräämässä kopat täyteen metsän antimia. Äiti sanoi, ettei takaisin ollut tulemista, jos ei kopat pursunneet mehevistä marjoista tai herkullisista tateista.

Katrin kanssa teimme metsään majan. Katri suunnitteli paperille piirustukset ja minä juoksin pitkin metsää noutamassa keppejä ja risuja rakennusmateriaaliksi. Oi kuinka ihanaa oli joskus jäädä yöksi majaan. Äiti kielsi, isä antoi luvan. Isän sana painoi enemmän, joten yövyimme usein rakkaan majamme lattialla taivasta katsellen risukattomme raoista. Sammal oli pehmeä selkämme alla ja jännitys sisällämme piti meidät lämpöisinä viileimpinäkin syksyinä.

Silloinkin satoi, kun Katri sairastui. Edellisyönä olimme olleet majassa. Aamulla Katri tuskin jaksoi kävellä kotiinsa ja kymmenvuotiaan tytön ilo ja elinvoimaisuus oli poissa. Saatoin Katrin kotiin ja kuukausiin en saanut tavata häntä ollenkaan. Kukaan ei kertonut miksi. Vanhempani muistuttivat joka aamu, etten selkäsaunan uhalla saanut poiketa lähelläkään Katrin kotitaloa. Syksyllä koulun alkaessa Katria ei näkynyt. Olin varma, että hän juoksisi tuttua mäkeä ylös nimikkokivellemme istumaan ja kertoisi minulle kaiken. Iltapäivällä opettaja kertoi Katrin olevan parantolassa Tam- pereella. Muistan itkeneeni, harkitsin kotoa karkaamista, matkustamista peukalokyydillä Katrin luokse.

Valkovuokkojen aikaan näin Katrin. Isä tuli luokseni kesken läksynluvun ja käski hakemaan Katrin kotoa hiivaa. En uskaltanut kysyä mitään, ihmettelin hiivan loppumista. Omavaraisuus oli kunnia-asia perheessäni ja lainaamassa käytiin viimeisessä hädässä.

Kuinka onnellinen olin nähdessäni Katrin keinutuolissa, ruskea lampaanvilla ympärillään. Olihan se hennompi Katri, jonka minä tunsin ja kalpea kuin Ylä-Lassilan vanha emäntä, mutta minun Katrini kuitenkin. Hänen hymynsä tunsin ja se hymy lämmitti mieltäni enemmän kuin mikään koskaan tulisi lämmittämään. Käännyin katsomaan Katrin isää ja hänen nyökätessään kapsahdin Katrin kaulaan enkä halunnut päästää koskaan irti.

5.

Sataa vieläkin minun muistellessa lapsuuden ystävääni. Vesipisarat valuvat ikkunaa pitkin alas räystäälle, uudet pisarat odottavat vuoroaan yläkarmissa. Jonottavat saadakseen valua ikkunassa ja näyttäytyä minulle kaikessa viattomuudessaan. Minä ihailen niiden sinnikkyyttä samoin kuin ihailin Katrin rohkeutta muuttaa ulkomaille miehensä perässä 50-luvulla. Kirjeet ja kortit vähenivät, pikkuhiljaa unohtuivat kokonaan. Viimeiset vuodet ovat erottaneet meidät lopullisesti toisistamme ja siitä olen surullinen.

Lapsena onnen kokeminen oli pienistä asioista kiinni. Löy- täessään oikean mallisen puun oksan majan ovenkahvaksi oli syytä olla onnellinen. Riemuitsimme korvattomista mukeista kahvikestejä varten ja taisimme ylpistyä, kun kylän komein poika kehui majaamme.

Joskus luulin niitä vain pieniksi ilonrippeiksi. Kuvittelin saavuttavani jotain suurta, jotain sellaista, minkä vuoksi ihminen sinnittelee, antaa kaikkensa. Olen elänyt hyvän rikkaan elämän, mutta koskaan en ole uudestaan onnistunut tuntemaan samalla tavalla kuin lapsena. Kahdenkymmenen vuoden ikään mennessä olin painanut mieleeni sen, mitä maailmalla tarvitsin. Sen jälkeen kaikki on ollut lisätoppausta tai lainatavaraa. Nyt makaan tässä enkä muuta voi. Maiskuttelen muistoja: tuoksuja kotipihasta, äidin leipomasta omenapiirakasta, naapurin syreenipensaasta. Valtterisedän kanalan kotkotus ja sikalan haju kulkeutuu tuulen mukana vuosikymmenien päähän. Minun muistoni tuoksuvat, tunnen lämpöä, ja jos oikein kovasti muistelen niin tunnen isäni karheat kädet. Minulla on kaikki tarvittava vuoteessani, lukittuna itseeni.

Sota-aikaa en tahtoisi muistaa, mutta joskus annan itselleni luvan muistella niitäkin aikoja, mutta vähemmän kuin muita.

Tertulla on vapaapäivä, olen saanut ajatella rauhassa. Tertun ollessa töissä ei siihen ole aikaa. Terttu ajattelee puolestani niin nopeasti, että unohdan joskus kumman alkuperäinen ajatus oli. Ei se haittaa, sillä Tertun ajatukset ovat pääsääntöisesti hyviä enkä pane pahakseni niistä ollenkaan.

Sataa edelleen, vesipisaroilla on kiire. Ne tungeksivat ikkunan ulkopinnalla sinkoillen sinne tänne unohtaen järjestyksen. Vuoronumeron jakaja on liiskattu nurmikolle ja nuoret vesihelmet valuvat päättömästi. Luvattu poutasää on lisännyt niihin vauhtia, kukaan ei halua jäädä yläkarmille odottamaan seuraavaa sadekuuroa. Siihen asti kukaan heistä ei säilyisi hengissä.

6.

Terttu ohjasi luokseni tytön, tettiläinen sanoi olevan. Epäselväksi jäi oliko kyseessä sukunimi vai kotikunta.

Tytöllä oli mukanaan sanomalehti. Hyvä niin, minä pidän kuuntelemisesta. Puheen sorinasta, vaikka ei olisi mitään asiaa, ei mitään tärkeää. Pääasia, että kuulin ääniä. Terttu ja alakerran Heikki puhuivat minulle. Eivät niin viisaita enää vuosiin, mutta sellaista mooltookkia, niin kuin Heikki sanoi. Muut hoitajat luulivat, etten kuule, eivät sitten vaivautuneet puhumaan. Terttu tietää, että kuulen ja se Heikki.

Harva viitsii kysellä, jaaritella joutavia. Tälläiseltä. Ihmettelisivät vaikka maailman menoa ja herrojen heikkouksia. Tai niiden vahvuuksia ja osaamisia. Kai ne joskus oikein tekivät, vaikka enemmän tekemättä jättämisistä puhuttiin. Tai jos tekivät, niin väärin tekivät. Ne mestarit. En minä niitä henkilökohtaisesti tuntisi, joten samapa tuo miten tekivät. Kunhan eivät tulisi minulle tekemään ja jos tulisivat, niin kysyisivät ensin Tertulta miten täällä kuuluu tehdä. Vältytäisiin rumilta juoruilta kaikki.

Tyttö luki lehteä hyppien ikävien uutisaiheiden yli, murhien ja ryöstöjen. Lopetti välillä lukemisen kuin seinään siirtyen toiseen aiheeseen. Ei haitannut, minä nautin kuunnellessani pörssiromahduksista ja ulkomaalaisista vihannespusseista löytyneistä kuoriaisista. Hyvä kun löytyivät. Kamalaa olisi, jos täällä kuoriaiset nurkissa sikiäisivät. Tosin yön hiljaisina tunteina niitä olisi kiva kuunnella kuvitellen olevansa ulkomailla halvassa hotellissa. Tietysti jos kiipeisivät petiin ja purisivat pahasti, niin silloin olisi siivoojalla kuumat paikat huonosta jäljestä. Parempi etteivät pääsisi sänkyyn kiipeämään. Nehän oli uutisen mukaan saatu kiinni vihannepussista, joten ei niistä tänne kukaan kerinnyt. Saa siivooja hengähtää.

Jalasjärvellä oli otettu käyttöön turvapuhelimet ja asiantuntijat odottivat niiden mullistavan koko turvajärjestelmän. Minä en tajua turvapuhelimista, minulle riitti normaali puhelin kun asuin kotona. Harvoin sitä tuli soitettua kenellekään, joskus siskolle sen eläessä.

Nautin verkkaisesta äänensävystä, vähän jännittyneestä. Ärrävika oli herttaista, halusin vaipua nirvanaan. *Nilvanaan*. Kuolinilmoituksia. Ne olivat tärkeimpiä, muuten ei tiennyt kuka oli kuollut. Arvovaltainen kaukana tai tuttu kylältä. Oli hyvä tietää ulkomaailman asioista, vaikkei niihin mitään voinut sanoa. Ja mitäs olisin sanonut, jos tuntemani ihminen olisi kuollut. Ei siihen mitään olisi sanottavaa tai lisättävää, ei enää, kun kuitenkin olisi jo kuollut ja kuljetettu kylän kalmistoon. Myöhäistä vainajalle enää sanoa mitään. Leskelle voisi lähettää surunvalittelut, jos siltä olisi sellainen jäänyt. Voihan olla, ettei olisi jäänyt, jos leski olisi kuollut aiemmin. Kuoleminen on välillä aika konstikasta, kun järjestystä ei osaa arvuutella.

Hoivakoti Aurinkoinen, joen toiselta puolella sai

kiitosta. Vainajan omaiset kiittivät hyvästä hoidosta. Vainaja oli syntynyt 1942, joten vanhuuteen ei sellainen voinut kuolla. Olikohan se kaatunut vessareissulla liukkaalla käytävällä lyöden päänsä. Oliko sillä ollut pelkät villasukat jalassa, aamutossujen jäädessä vuoteen alle, niin kuin monilla muillakin kun lähtevät äkkiä menemään. Olisi soittanut sellaista turvapuhelinta. Kuolinilmoituksessa ei kerrottu kuolinsyytä, minun puolesta voisi kertoa, ettei aina itse joudu arvuuttelemaan joka ikistä kuolemansyytä.

"Minun täti asui Aurinkoisessa."

Tyttö kertoi kuolinilmoitusten välissä.

"Se kuoli vuosi sitten, ei se vanha ollut, vasta seitkytkuus, mutta sai vatsapöpön ja joutui aluesairaalaan. Eikä se enää parantunut, harmi kun meillä oli niin läheiset välit."

Olihan Aurinkoinen mukava nimi hoivakodille. Toista kun kylällä oleva Herra Biepes tai ne Onni ja Annikodit, joihin muutti pariskunnat, jos olivat vanhana vielä väleissä. Ne villat minua huvittaa, niitä on suomessa satoja. Siinä on kyllä inflaattio käynyt nimien keksijällä. On Villa Maariaa, Villa Eerikaa, Villa Valtikkaa ja Hoiva Villaa. Tylsiä nimiä kaikki tyynni! Jos minä olisin keksinyt nimet palvelustaloille niin siellä olisi korkeintaan pari Villaa: Villa Sukka ja Kahvilla. Loput voisivat olla vaikka anneja ja elluja. Pääasia, että hoitajat olivat aurinkoisia. Terttu oli tullut täyttämään vaatekaappiani. Oliko se hiipinyt kuuntelemaan osaako tyttö pitää minulle seuraa.

7.

En minä ole pyytänyt kukkaverhoja, en tauluja seinälleni. En halua nojatuolin rumilusta huoneeseeni. Tämä on minun huoneeni, vaikka väittävät kahden hengen huoneeksi. Minä määrään täällä. Ei toisen huoneeseen voi kantaa vieraan ihmisen tavaroita kysymättä lupaa huoneen haltijalta.

Terttukin on seonnut. Puhuu toisesta potilaasta, joka tulee minun huoneeseeni. Siristän silmiäni, tuijotan Terttua, joka vaan hymyilee. Sanoo minun saavan seuraa. En minä ole pyytänyt seuralaista.

Kai näin suuressa talossa on vapaita vuoteita muuallakin, kuin minun ja ikkunan välissä. Enhän minä näe ikkunasta ulos enää, jos siihen tuodaan joku ikäloppu makaamaan. Kyllä Tertun pitäisi se ymmärtää.

Käänsivät minut niin, että näen koko tapahtumasarjan. Uuden potilaan tuloprosessi. Kaikkea sitä kuuleekin, nauraisin ääneen jos voisin. Ennen sitä tultiin ja kuoltiin pois, ei siinä mitään rosesseja tarvittu. Huoneeseen ryntäsi liinapäinen likka siivoamaan ja voi hyvänen aika sitä klooripullojen määrää. Niillä olisi myrkyttänyt kokonaisen täiarmeijan.

Sitten tuli alakerran Heikki työntäen huoneeseeni tyhjän sängyn, kiiltävän ja hienomman kuin minulla. Pitkätukkainen poninhäntämies oli kertonut lukevansa työnsä ohessa paremmaksi fysioterapeutiksi, kuin tavalliset jalan venyttäjät. Siitä tulisi asiantuntija. Se on alle kolmenkymmenen, mutta käyttäytyy kuin herrasmies. Juttelee kun tulee huoneeseeni ja kysyy virnistellen kuulumisia. Kysyy, vaikka tietää jäävänsä vaille vastausta. Tai mistä minä sen tiedän, vaikka noin kiva mies osaisi lukea ajatuksia. Osaa niin paljon muutakin, mitä tuskin kuntoutuskoulussa opetettiin, radion korjaamista ja happivehkeiden huoltamista.

Minä paremmassa kunnossa ollessani kävin alakerrassa Heikin vastaanotolla. Heikki haki minut luokseen kerran viikossa, tiistaisin kello kolme. Silloin pystyin istumaan pyörätuolissa, silloin käteni ja jalkani vielä taipuivat. Sitten piti käyntikertoja vähentää ja lopuksi kokonaan lopettaa. En minä vihainen Heikille ja lääkärille ollut. Kyllä minä tajusin, etten olisi sen jumpan avulla käveleväksi tullut.

Päivällisen jälkeen hoitajat laittoivat minut kuntoon, kuivat ylle ja alle. Asettivat tyynyn reisieni väliin ja etten kiepsahtaisi selälleni, pari tyynyä selänkin taakse.

Alkuillasta työnsivät pyörätuolissa satavuotiaan mamman huoneeseeni. Kaksi hoitajaa nostivat mamman housun kauluksesta kiinni pitäen vuoteeseen ja siihen se jäi makaamaan. Kutsuivat sitä Tyyneksi, itse se ei sanonut mitään. Makasi kasvot minuun päin ja siinä me toljotimme toisiamme mitään puhumatta. Siihen asti kunnes Tyyne rupesi kuorsaamaan. Silloin se lopetti toljottamisen.

8.

Vasemmalla kyljellä maatessani näin hämärän huoneen. Totuttelin ajatukseen, etten ollut enää yksin. Tyynen plyysinen nojatuoli näytti arvokkaammalta, kuin päivänvalossa. Huoneen nurkassa se näytti inhimilliseltä, nojatuolivanhus, jonka ikää piti kunnioittaa meidän puolta nuorempien. Seinällä taulu, jossa kuhilaat seisoivat rivissä kuin sotilaat, se oli omiaan valkoisella seinällä. Valokuvat kehyksissä peilipöydällä muistuttivat varmasti Tyyneä hänen läheisistään, toivat tuttua ja turvallista tähän huoneeseen. Minulla ei ollut kuvia, ne olivat pahvilaatikossa vintillä. Ainoa taulu, joka minulla oli täällä, esitti Punkalaitumen kirkkoa. Sen oli tehnyt siskontyttöni opetellessaan ristipistotöitä. Ja hieno se oli ja hieno oli siskontyttökin.

Kukkaverhoista en välittänyt. Niissä kukat eivät olleet todellisia, tekokukkia maalattuna kankaalle. Peittivät ikkunaa molemmin puolin ja keräsivät pölyä. Terttukin olisi voinut kieltää verhojen laiton, kun tietää kuinka nautin ikkunasta ulos katsomisesta. Tyynen omaiset olivat halunneet kukkaverhot ikkunaan.

Toivottavasti kukkaisverhot lähetetään joku päivä kaupunginpesulaan ja ne hukkuvat matkalla. Samalla lailla, kun Tertun työhousut olivat hävinneet, kun oli laittanut vahingossa ne liinavaatepussiin, jonka pesula-auto haki kerran viikossa. Nyt täytyy toivoa, että Tyyne aivastaisi mustikkakeittoa syödessään ja pärskäisisi kukkaverhoja päin. Sillä tavalla täältä on ennenkin verhoja pesulaan lähtenyt.

Minun puolestani Tyyne saa jäädä huoneeseeni ja kun saamme verhoasian järjestykseen, niin kyllä me tässä varmasti hyvin toimeen tulemme. Vaikka sitten vain toljottaisimme toisiamme. Ja mieluummin toisiamme, kuin kamalia tekokukkaverhoja.

Tyyne oli tullut jäädäkseen, samoin verhot. Tyynellä kävi vieraita joskus viikonloppuisin, viikot ovat pyhitettyjä hoitajien askareille, lääkärinkierroille ja siivoojan töille.

Hoitajilla on kiirettä, sanoo Terttu, mutta siitä ei saanut puhua. Ei meidän potilaiden eikä omaisten aikana. Se on epäsopivaa ja voi antaa virheellisen kuvan hoitajien määrästä. Minä olen kyllä huomannut, etteivät hoitajat ihan kaikkeen kerkiä, ei joka kerta, ei ainakaan sillä siunaaman sekunnilla. Hoitajan kasvot paljastavat kaiken, eleet ja otteet. Ne puhuvat kyllä rauhallisesti, mutta niiden toinen jalka on menossa toisen vasta tullessa.

Joskus niillä on aikaa. Silloin tuntuu hyvältä, hoitajatkin nauttivat kiireettömyydestä, sen huomaa. Sen tuntee kropassaan ja kuulee niiden äänestä. Ne hymyilevät enemmän ja ovat siinä ihan hyvällä omalla tunnolla, vieressä ja laskevat leikkiä. Nauravat omille jutuilleen. Meidän kanssa.

Minulla ei ollut koskaan kiire minnekään ja jos olisi ollut, niin olisinko kiireessä kerinnyt pidemmälle

elämässäni. Olisinko jossain muualla, kuin tässä.
Mihin minä olisin ennättänyt jos olisin juossut ko-
vemmin. Ties vaikka olisin langennut taittaen jalkani
ja sen vuoksi raajarikkona maannut aiemmin täällä
palvelustalossa ihmettelemässä muiden kiireitä. Ei
kenelläkään voinut makaamaan kiire olla.

9.

Tertulla oli esite. Lupasi lukea lounaan jälkeen, mutta ei ehtinyt. Oli tullut esteitä. Kuulin niistä esteistä ja Tyynekin kuuli, vaikkei mitään virkannut. Sen esteen nimi oli Kalle.

Kalle on valtava, sanoi sijainen. Kuulin punnitustuloksen, kun Kalle oli siirretty vaa`alle kolmen hoitajan avulla. Pyörätuolin painon vähentämisen jälkeen oli Kallen painoksi jäänyt vielä 115 kiloa! Hyvänen aika, kuinka iso pyörätuoli tarvittaisiin noin tuhdin miehen alla. Kyllä tuon kokoinen esteestä menisi.

Lieneekö suuresta koosta johtuvaa, mutta Kalle oli kerrassaan sävyisä mies. Päiväsalissa nosti näkymätöntä hattuaan rouville, nyökkäili herroille. Sanoi, että arvon rouvat ensin, kun siirryttiin pöytiin. Hoitajien kysyessä mitä tahansa Kallelta, hän sanoi kaiken olevan reilassa. Kauluspaita päällä ja liivintakki avoinna, ei kiinni tainnut mahtua. Harmaantunut niiltä osin, kun tukkaa oli ja parta ajettuna.

Heikin vastaanotolla vielä käydessäni olin kuullut Kallen tarinan. Ei tarkoitettu minun korviini, mutta satuin kuulemaan, en voinut sulkea korviani pois. Siinä minä loikoilin raollaan olevan jumppasalin oven takana ja kuuntelin Heikin puhelinkeskustelua Kallen pojan kanssa.

Kalle oli uhkapelejä pelatessaan menettänyt kotitalonsa avioliittonsa ensitaipaleella. Vaimo oli pakannut pojan mukaansa ja muuttanut sukulaistensa luo Ruotsiin. Mielensairaudeksi tällainen oli nimetty ja Kalle elänyt köyhäinavun varassa koko ikänsä. Ei luulisi että mielensairas ihminen osaa olla niin hyväkäytöksinen kuin Kalle oli. Ei luulisi että sellaista miestä kukaan vaimo jättäisi, vaikka olihan se ongelma jos ei kattoa pään päällä ollut. Poika oli tullut katumapäälle, kun ei ollut isäänsä pitänyt yhteyttä, halusi korjata välit ennen kuin olisi liian myöhäistä. Ja onhan se poika, aikamieshän se on, täällä käynyt isäänsä katsomassa tuon puhelun jälkeen. Tuonut kukkia osastolle ja jäätelöä hoitajille. Minäkin sain jäätelöä, kun satuin olemaan päiväsalissa. Ihan komea mies se Kallen poika oli, yhtä kohtelias kuin isänsä. En tiedä enempää, kun Heikki oli lopettanut puhelun ja lähti minua hakemaan. Oli Heikin naama venähtänyt huomatessaan minun olleen oven takana odottamassa. Minä en moksiskaan ollut, makasin lavetillani ja olin kuin en olisi kuuna päivänä maannutkaan. Olihan se mielenkiintoinen keskustelu, kyllä siinä riitti pitkäksi aikaa pohtimista.

Tertulla oli mukana esite päivällistarjottimella. Syötti ja juotti, viikkasi ruokaliinan kaulastani pöytälaatikkoon, pyyhki suupieleni laskien minut puoli-istuvaan asentoon. Esitteli "Viriketoimikunnan ohjelma pitkäaikaisvuodepotilaan viihtyvyyden lisäämiseksi ja viriketoiminnan edistämiseksi vuosille 2013-2015 – esitteen." Pienellä präntillä otsikon alla oli tarkennettuna: kuinka lisätä potilaan hyvää oloa arjessa. Vihkosessa oli käyty läpi kaikki mahdolliset ja mahdottomat toimintatuokiot vanhojen lehtien leikkaamisesta pehmeän pallon heittelyyn. Oli tarjolla muistituokiota, joissa kysyttiin kysymyksiä, joihin ei monikaan osannut vastata, paitsi hoitaja ja sekin luntattuaan vastaukset vihkostaan. Oli laulutuokioita, joissa kolmoshuoneen Helga lauloi, musiikin lehtori, joka oli unohtanut puhumisen, mutta laulun sanat tulivat kuin tyhjää vaan.

Minua ei kiinnostanut jonninjoutava kankaanpainanta. Minun painamiset olivat yhtälailla ohitse, kuin runonlausunta ja binkot. Jos pääsisin ulos vetäisin sieraimeni täyteen vasta leikatun nurmikon tuoksua. Sora täristäisi sairaalasängyn pyörien alla. Keikkuisin puolelta toiselle hoitajan työntäessä minua pitkin kinttupolkua ja puiden oksat osuisivat kasvoilleni, lehdet kutittaisivat. Palattuamme jäisimme terassille kuuntelemaan ilman raikastavaa sateen ropinaa. Ehkä näkisin naapurin lapsetkin kuralätäköissä hyppimässä.

Esitettä oli tehty hartaudella puoli vuotta. Nyökkäsin mielessäni, kyllähän minä tiesin että osastolta lähti yläkerran askartelutiloihin yksi hoitaja kerrallaan sitä suunnittelemaan. Yksi joka osastolta joka toinen keskiviikko koko kevään ajan. Tuloksena kirjanen meidän heikkojen ja häijyjen viihtyvyyden parantamiseksi. Sivujen lukumäärää en muista, mutta toistakymmentä siinä oli, kuvineen kaikkineen.

Laskeskelin tylsyyksissäni, että sen tekemiseen oli täytynyt mennä 40 hoitajan työtuntia. Hyödyllinen sen täytyy olla ja kaikille siinä varmasti jotain on.

Olisihan siinä voinut olla sellainen kohta, jossa olisi lukenut "huone kahdeksan ovesta ensimmäiselle riittää sängyn siirto nurmelle sään salliessa". Laskin, että siihen kuluu aikaa parin tunnin verran vuodessa, joten se 38 tuntia olisi jäänyt hoitajilta muiden potilaiden kanssa aikakausilehtien leikkaamiseen ja vohvelikankaan kuvioimiseen.

Mutta tämä siinä tapauksessa, että tämä hieno esite olisi jätetty vallan tekemättä.

10.

Pimeää ympärillä, kylmää ja märkää. Peitto päälläni painaa, kylkeni ovat tulessa, eikö yöhoitaja tiedä miltä minusta tuntuu. Minä ajattelen sitä luokseni, kovasti. Painan silmiä kiinni ja pinnistän. Kylki painuu lakanan läpi, patjan läpi, metalliseen pohjaan asti. Hauraat luuni painavat paljon, varpaita kivistää. Vasen puoli, tunnen kivun, tunnottomuus vasemmassa nilkassa vaihtelee kivun kanssa.

Ajattelen kääntyväni oikealle kyljelleni, otan kiinni reunasta vasemmalla kädellä ja vedän itseni parempaan asentoon. Kipu häviäisi kyynärässäni, kyljessäni, lonkassani, nilkassani.

Miksi minä olen tuomittu makaamaan liikkumattomana paikallani. Miksen minä saanut mahdollisuutta elää sataa vuotta terveenä ja liikkuvaisena niin kuin joku muu. Miksen minä voinut olla se joku muu ja se toinen olisi voinut maata tässä kylmissään ja märissään odottaen yöhoitajan saapumista.

Märkä vaippa hiertää, haistan märän, minua hävettää. Minulle ei tarvitse sanoa sen olevan normaalia, se kuuluu sairauteen. Se voi kuulua sairauteen, mutta se ei tee alleen laskevan oloa helpommaksi. Sitäpaitsi minä en ole sairas. Minä olen vanha. Ei kukaan halua palata lapseksi, vauvaksi, avuttomaksi. Ei kukaan nauti saada olla toisen armoilla, syötettävänä, pestävänä. Alle laskevana, kasviksena, joka on vuoteeseen tuomittu pitkän ikänsä seurauksena, vailla vaihtoehtoja, omia valintoja.

En minä halua olla helppo, en vuodepotilas. Tyytyväinen näennäisesti minä olen, mutta minun mieltäni painavat sellaiset asiat joista ei kukaan terve ihminen voi tietää. Kukaan ei voi arvuutella mitä minun ja muiden kaltaisteni päässä liikkuu. Ei kukaan koskaan pysähdy katsomaan minua silmiin sillä tavalla, että uskoisivat löytävän vastauksen. Hyvät hoitajatkaan eivät sellaiseen pysty ja ne jotka meidän elämästä päättävät, eivät senkään vertaa. Heille olemme vuodepotilaita tai käveleviä. Pitkäaikaisia tai niitä lyhytpaikkaisia. Meidänlaisemme luokitellaan sen mukaan osaammeko syödä ja pestä kätemme itse, karkaammeko jos ulko-ovi on unohdettu laittaa säppiin. Meidän elämästä päättävät rahamiehet joiden omaisista ei koskaan tule liikkumattomia vuodepotilaita tai sitten jos niistä tulee sellaisia, niin niillä on varaa palkata omaisilleen hoitaja yötä päivää mukavia juttelemaan. Kääntämään kyljeltä toiselle ja vaihtamaan kuivat alle heti kun lakana kastuu.

Puhuvat vanhuudesta ja arvokkuudesta, televisiossa ja radion kanavilla. Sellaisesta, joka on kaikille armollinen ja jonka jokainen vanha on ansainnut palkkiona pitkästä matkastaan. Hah, sanon tuollaisille tarinoille.

Onko liikkumaton saman arvoinen, kuin tanssaava suupaltti, jonka syntymäpäiviä vietetään vuosi toisensa jälkeen. Kakut ja kaikki. Entä ne, entä me, joiden luullaan olevan siellä toisella puolella menossa. Eikö meillä ole aihetta juhlaan, eikö helppoja tarvitse huomata.

Kylmä märkä polttaa, iho on tulessa, en voi painaa kutsunappia. Nivusissa hiertää, tyynyliina korvan alla on kivikova. Peitto on kalsea, märkä on imenyt lämmön.

Yöhoitaja ei saapunut tuuriinsa, siitä tämä kaikki johtuu, tämä hidastelu. Hidas palvelu viiden tähden hotellissa. Saanko luvan kapinoida. Olenko oikeassa jos väitän olevani oikeutettu valittamaan joskus, vaikka tiedän sen olevan turhaa. Turhaa muille, mutta minua se helpottaa, olla tyytymätön saamaansa palveluun.

Hoitaja oli illalla ilmoittanut tulleensa kipeäksi, mahatauti nimeltään moro. Puhelun vastaanottanut hoitaja oli huutanut kovaan ääneen sairastuneesta työkaveristaan ja silloin kuulin ensimmäisen kerran hauskan nimen ripulille. Vaan kyllä sitä moro huikkaakin, kun tulee kiirus vessaan!

II

Ajattelin yöstä tulevan hankalan, sellaista on sattunut ennenkin. Ei ne iltatuurilaiset voineet jäädä yöksi töihin noin vain. Olihan niilläkin lapset ja miehet kotona, nukkua pitää jos käyvät päivällä työssä.

Kaksi kolmen sijasta niitä taisi nyt olla. Ei kuulunut päiväsalin mikro kilahtavan eikä lihapiirakan tuoksu leijaillut nenääni. Ei hoitajat voineet sanoa potilaille, että nyt onkin sellainen yö ettei olekaan hoitajia tarpeeksi. Ei niitä yölääkkeitä voinut jättää antamatta tai sokeritautisten rokotuksia, niitä ei varsinkaan saanut jättää väliin. Minä tiesin, kun olen nähnyt kuinka tarkkaa ne kellosta pitävät. Siitähän suuttuisi omaisetkin.

Ajattelen yöhoitajaa tulevaksi, yhden kierroista jättäneet väliin. Lintujen liverrys ikkunan takana kertoo uuden päivän valjenneen ja näinä aamuyön tunteina minä niitä kuuntelen. Minä kuuntelen lintujen pirteää viserrystä, vaikka minulla on märkä vaippa.

Himmeässä valossa näen vieraan yöperhosen kasvot, hänen suupielensä kääntyvät ylöspäin katsoessaan minua. Märkä peitto häviää päältäni. Vaipan teipit rääkäisevät irrotessaan, mutta hoitajan kädet ovat hiljaiset ja vahvat. Ottaa yläkaapista untuvatäkin ja vetää sinisen pussilakanan siihen päälle. Kietoo ympärilleni kuin kapaloon ja se tuntuu hyvältä. Jään oikealle kyljelleni, vasen puoli saa vapauden, näen taas ovelle päin. Tyyny jalkojeni välissä tuntuu lämpöiseltä.

Olen unohtanut öisen kylmyyden ja yksinäisyyden, kapinan ja mielipahan. Hyvä haltija yöperhosen roolissa, antoi uskoa siihen, että meistä pidetään hyvää huolta. Hoitajat pitävät meistä aina hyvää huolta.

Toivottavasti näistä hoitajistakin pitää joku hyvää huolta, antaa heille mahdollisuuden olla hyviä. Tehdä tätä työtä rauhassa ja ylpeydellä ja että niitä olisi tarpeeksi. Niillä olisi aikaa olla meidän kaikkien kanssa. Ei vaan laulavien ja riekkuvien. Ja jos hoitajille vielä sittenkin jäisi aikaa, niin sitten ne voisivat minun puolestani laatia vaikka kuinka paljon lisää niitä lehtisiä ja tilastoja.

Kuivunut maitotippa pöydällä on houkutellut kärpäsen paikalle. Se on juossut pöydälläni, pysähtynyt välillä maitotipan viereen, seisonut liikkumatta, hieronut takajalkoja yhteen raivokkaasti. Se vahtaa maitotippaa Tyynen peiton päällä, ihan kuin minä sen veisin. Välillä se juoksee pöydän kantta ympäri ja palaa taas tahran luokse. Kerran lennähti tyynylleni, aivan otsani viereen ja minusta tuntui, että se katsoi suoraan minua. Sen pään peittävät silmät tutkivat tarkkaan ja minä ihmettelin sitä. Se pörhisteli siipiään ja halusin meidän vaihtavan osia pieneksi hetkeksi. Se tuntui olevan samaa mieltä.

Nousin ilmaan, pyrähtelin huoneessa. Lepuutin siipiä Tyynen otsalla kuunnellen tasaista hengitystä. Tyynen silmäluomet liikkuivat hänen nukkuessaan. Kukkaverhoilla kävin istumassa ja hankaamassa takajalkojani yhteen. Verhot olivat muuttuneet kukkamereksi, kirjavaksi kesäksi, luonnonhelmaksi. Lennähdin piiloon peilin taakse Tertun tuodessa aamupuuroa. Terttu pelästyisi, jos huomaisi minun kadonneen, kumartuisi katsomaan vuoteen alle ja olisi avuttoman näköinen. Pörhistelin siipiäni kivuttoman olotilan ja vapauteni puolesta.

Oven raosta suunnistin korkeuksiin, kiiltäviin käytäviin. Valkotakkiset alapuolellani kuhisivat, eivät huomanneet kärpästä katossa, minä tunsin ne kaikki. Päiväsalissa istuivat aamuvirkut katsomassa aamu-uutisia. Minäkin hetken käsinojalla hengähdin, mutta sitten korviini kantautui pulputtava ääni ja nenääni tulvahti vahva tuoksu. Hoitajien kahvihuoneessa ei ollut ketään, laskeuduin nauttimaan pöydän antimista. Raesokerin kyllästämiä kanelipullia siinä oli ja kääretorttua. Sokerihumalaan taisin tulla maistellessani mehua lasin reunasta. Olinpa ketterä, hieroin itseäni lisää sokerikon reunaan. Ikkuna oli likainen, siinäkin oli kuivunutta maitoa. Ulos en lentäisi, siellä olisi liian tuulista ja avaraa. Olin turvassa vain omassa huoneessani, omassa sängyssäni. Ajatuksissani. Halusin jo takaisin, vapauden tunteesta huolimatta, äkkiä. Suuntasin ohi pesuhuoneen, yli keittäjän pään, heittäydyin siiviltäni peiton alle ja huomasin Tyynen vieläkin nukkuvan. Kukaan ei huomannut, ei edes Terttu ja kärpänen vuoteessani ei puhunut vaihtokaupoistamme. Olin jälleen minä – vuoteen omana, mutta yhden kokemuksen rikkaampana.

Ennen nukahtamista näin, kuinka kärpänen pöytäni päällä suki jalkojaan siipiään vasten. Katsoi minua pitkään ja näytti sekin uupuneelta. Pitkä päivä meillä molemmilla. Kärpänen katsoi vielä kerran ja lennähti avoimeksi jätetystä ikkunasta ulos. Voihan olla, ettei enää tavata, kuivunut maitotippa on pesty pois. Voihan olla, että tulee hoitaja nokkamukeineen ja tiukkaa kantta vääntää voimalla irti saaden maidon loiskahtamaan pöydälleni.

Voi kuinka nautin mahdollisuudesta ajatella, lentää pois ja tulla takaisin.

13.

Puut ovat hiirenkorvilla sanoi Terttu ja laittoi pajunkissoja maljakkoon. Tuijotan kevään tuloa ikkunan läpi, Tyynen yli ja hänen puolestaan. Lintu kävi karmilla suussaan koiran karvoja, sanoi Terttu. Tyyne makaa kasvot minuun päin, ei se voi nähdä auringon säteitä ja pesää rakentavaa lintua.

Terttu kertoi aamulla kevään olevan kylmä, kylmin viiteenkymmeneen vuoteen. Minä muistan vuoden, jolloin kesä ei tullut ollenkaan. Se kesä oli kylmää täynnä, piti olla hameen alla kahdet housut ja sisälläkin reilusti päällä. Äiti tarkisti, että oli kahdet housut ulos lähdettäessä ja se oli kamalan noloa, jos kaverit näkivät. Voihan olla, että niidenkin äidit pakottivat pitämään kaksia housuja sinä kesänä.

Sanovat, että ennen oli kesät polttavan kuumia ja talvisin paleltiin paukkupakkasissa pitkälle kevääseen. Niin sanovat, mutta mistä ne sen tietää, kun eivät olleet syntyneet. Minä olin ja muistan, että kesällä joskus oli kylmää ja talvella satoi vettä viikkotolkulla.

Tyynen asiat eivät ole hyvin. Tyynen luona käy omaisia monta kertaa viikossa. Käykö ne katsomassa josko Tyyne olisi huonontumassa vai käyvätkö omantunnontuskissaan. Minusta tuntuu kummalliselta, että kun tulee huonoksi eikä voi enää puhua ja nauraa, niin sitten sukulaissakki tulee katsomaan. Tyyne on asunut vuosikymmeniä yksin, se on käynyt ilmi.

Nyt kun Tyyne pystyy enää vain makaamaan hiljaa, niin ovat alkaneet täällä ravaamaan. Minua huvittaa niiden kertomukset. Eihän Tyyne enää taida tuntea heistä ketään, mutta kaikki ne yhtäkkiä tuntevatkin Tyynen, ovat sukua Tyynelle. Se on kummallista.

Minulla ei ole sukua, minä olen suvuton ja siksi ehkä suruton. Minun elämääni eivät ole sukulaiset pilanneet jonnin joutavilla hullutuksilla. Eivät tungeksi vuoteeni ympärillä tuomassa kortteja laittaen niitä lukematta kukkavaasiin nojailemaan. Tyyne ei taida kuulla mitä ne sille puhuvat, ovat tuttavallisia. Surullinen olo minulle tulee, kun katson. Surullinen siksi, että olisihan se Tyyne voinut olla iloinen saadessaan tuon suosion silloin kun asui vielä kotonaan. Olisi varmaan tarjoillut mielellään vieraille itse tekemäänsä mustaviinimarjamehua. Isä sanoi välillä "On sitä tien neuvojia, vaan ei palasen antajia"

Onneksi minun olemattomat sukulaiseni eivät ole luonani tungetelleet. Sehän olisi häpeällistä, vaikka ei Tyynen sukulaiset sitä tajuta. Taitavat kärkkyä Tyynen perintöä. Kai sillä jotain omaisuutta on, kun on tehnyt töitä koko ikänsä ja ollut säästeliäs. Niin ne sukulaiset puhuivat ja mittailivat katseellaan Tyynen tauluja, koittivat Tyynen nojatuolin jousia hyppäämällä siinä vuorotellen. Jos minä voisin, niin minä valehtelisin niille. Päästäisin valkoisen valheen, jonka mukaan kukkaverhot olisivat minun ja niitä ei sakki voisi viedä mennessään. Minusta tuntuu, että olemme Tyynen kanssa samaa mieltä. Siitä, että kun Tyynestä aika jättää, niin verhot saavat jäädä palvelustalon ikkunaan. Vähän niin kuin muistoksi Tyynestä. Olemme tulleet tutuiksi näiden viikkojen aikana, olemme viettäneet aikaa yhdessä enemmän kuin yksikään noista sukulaisista Tyynen kanssa koskaan.

14.

Heräsin taputukseen poskellani ja hoitaja muovilaatikko sylissään kertoi ottavansa minulta näytteen. Pissanäytteen. Epäili minulla olevan veeteeiin. Kaikki ne pitää nimetä. Ennen kun vatsaa kivisti ja pissatessa kirveli, niin tiesi että tauti oli iskenyt. Milloin kylmällä rappusilla istumisesta milloin vähistä välihousuista johtuen. Ei niille nimiä annettu. Samanlailla teki kipeää oli nimi tai ei. Ja sitä paitsi nämä nykyajan pöpötkin ovat niin fiksuja etteivät anna mitään vinkkiä pesiytyessään ihmiseen.

Kaisan vaaleanpunaisten sämpylöiden pohjat vilahtelivat huoneessa eikä mennyt kauaa, kun olimme Tyynen kanssa puettuina puhtaisiin. Ei nämä vaatteet mitään juhlakolttuja olleet. Nämä ovat palvelustalomme omistuksessa olevia vaatteita, vuodepotilaille tarkoitettuja. Helposti päälle laitettavia ja nopeasti pois riisuttavia. Housut ja nappipaita, ruskeita isoilla miehillä ja pienillä naisilla vaaleanpunaisia. Keskikokoiset makasivat sinisissään.

Mahtoiko olla turvalliset jalkineet Kaisan jaloissa. Kumiset lutjakkeet ja liihottaa niillä poikki huoneen. Taisi huomata minun tuijottavan, kun pysähtyi vuoteeni viereen, nosti jalkaansa, kertoi ostaneensa uudet työkengät.

Kaisalla oli pehmeät kädet ja lämpöinen hymy. Kiireen keskelläkin Kaisa osasi olla lähellä, erilailla kuin muut. Oli levollinen, aika pysähtyi Kaisan tullessa. Se oli merkillistä vaikka sillä oli kiire ja varsinkin silloin, jos toinen hoitaja tuppasi samalla kertaa huoneeseen. Silloin Kaisa meni pois ja tuli takaisin, kun muut olivat menneet. Jos Kaisan empaattisuuden voisi säilöä punajuurien tavoin purkkiin, niin siitä riittäisi iloa pitkäksi aikaa. Vitamiininen lailla pitkälle talveen. Vähitellen annosteltuna, ei kerralla kaikkia.

Kerran Kaisa innostui tanssimaan huoneessani, oli jostain riemuissaan. Toisin kuin Terttu, joka ei tanssinut eikä laulanut. Tertulla on migreeniä, sen kanssa ei viinakaan sovi. Viime keväänä lääkäri oli määrännyt estolääkettä ja se oli lopettanut kohtaukset. Terttu uusi viime viikolla migreenireseptinsä samalla kun kävi tuomassa vessaamme uuden pullon hoitavaa pesunestettä.

Minulla meni pitkään ennen kuin tajusin ketä Kaisa muistutti vaaleine kiharoineen, viattomuus silmissään. Hän oli ilmiselvä missi, Miettisen Virpi! Muistan, kuinka hänet kruunattiin Miss Suomeksi. Nyt huoneessani touhuaa toinen yhtä nätti, joka voisi olla kisaamassa koska vaan. Ei vaan taitaisi enää keritä missintöiltään palvelustalolle. Minusta Kaisan uudet kengät näyttivät muovisandaaleilta, tai hollannikkailta, jos olisivat olleet puusta. Saattaahan hyvät kengät antaa lisävuosia jaloille. Enhän minä sitä tiedä olisinko pystynyt vielä kävelemään, jos minulla olisi ollut nuorena tuollaiset. Olihan meillä nahasta tehtyjä sandaaleita ja pitkälle niillä on päästy. Olikohan naapurin Amalialla nuoruudessaan paremmat jalkineet kuin minulla. Se pääsee polkemaan itseään pyörätuolissa pitkin käytävää niin vimmatusti. Sen oikea jalka kapsaa niin, että luulisi käytävästä kiillon kuluvan. Huoneeni oven jäädessä auki odotan, koska hoitajat nostavat Amalian pyörätuoliin. Silloin Amaliaa viedään. Sitä on hauska katsoa, kun se viilettää oviaukon ohi, ei sitä hidasälyinen ehdi edes huomata.

Joskus on hoitajat yrittäneet sitä työntää, mutta silloin Amalia huutaa ja kirkuu. Amaliaa ei tarvitse auttaa vaikka se istuu pyörätuolissa. *"Ei pyörätuoli minusta vammaista tee!"* huutaa Amalia ja uudet hoitajat säikähtävät. Amalia näyttää mukavalta mummolta siihen asti, kun joku tekee virheen. Silloin mukava mummo on mennyttä.

Kaisa oli läpytellyt matkoihinsa, kun Leena tuli aamupalatarjottimen kanssa. Leenan suu muistutti viivotinta hetkellä, jolloin katse osui ikkunaan. Kaisa ei koskaan avannut sälekaihtimia aamulla. Leena katsoi minua ja Tyyneä likaisisssa paidoissamme, pari tippaa rinnuksella kertoi iltapalalla olleesta marjakiisselistä. Kaisa kuuli kunniansa tai me hänen puolestaan.

Säälin Kaisaa, sen aamutyöt menevät aina hukkaan. Kukaan ei ymmärrä Kaisaa. Joskus tuntuu, etteivät muut edes huomaa sitä. Eivät välitä sen tekemisistä tai olemisista, eivät edes juorua Kaisasta ja se on paljon se. Minusta Kaisa tekee työnsä siinä missä muutkin, jos ei jopa paremminkin. Minusta sen tapa on yksi talon parhaimpia. Välittämisen nä-

kyminen on tarpeista suurin tässä kohtaa elämää
ja jos paita jää vaihtamatta, niin kerkiää tuon myö-
hemminkin.

15.

Riisipuuroa saa sunnuntaisin tai mannapuuroa. Valkoista pyhäisin. Arkena syödään kaura- tai ruispuuroa, tai vellejä, jotka valuvat suupieliä pitkin ruokaliinalle. Tänään oli kaurapuuropäivä ja jotain tärkeää suunnitteilla. Yöhoitajat olivat pidempään, kuulin kalkatuksen jatkuvan. Yleensä ne häviävät ensimmäisen aamutuurilaisen saapuessa. Oliko sijaisia lisätty. Kaikkien ääntä en tunnistanut, mutta Tertun tunnistin. Hän otti raportin vastaan yöperhoselta - yököltä, niin kuin hoitajat niitä kutsuvat. Nimi kuulostaa oksennukselta. Minä ajattelen yötuurilaista perhosena, joka liihottaa pimeillä käytävillä kurkkien ovista, valvoen untamme. Enkä minä ajattele mitään kaaliperhosta, vaan sellaista ritariperhosta minä ajattelen.

"Ei tapahtunut mitään ihmeellistä".

Ainostaan huone 13 potilas oli ripuloinut. Terttu epäili mahan menneen sekaisin tyttären tuomista ulkomaalaisista mansikoista, joita Unto oli ahminut kasapäin. Onneksi Unton huone on toisessa päässä käytävää, sillä me emme kaivanneet Tyynen kanssa ripulia. Sen siivoamiseen tarvittiin vähintään kaksi hoitajaa ja yleensä kävi niin, että kun saivat puhtaat alle, niin jo taas oli aloitettava alusta. Kyllä vattatauti on yksi epäkiitollisimpia tauteja tälläisessä paikassa. Ensin sen saa heikkokuntoinen potilas ja kohta se käy läpi hoitajatkin. Eikä siihen auta, vaikka kuinka hierovat seinätelineistä desinfiointia käsiinsä ja joka välissä saippuoivat.

Leenan ääni kuului kansliasta. Kertoi olleensa kolme viikkoa Kyproksella ja kortti tulisi perässä. Radiosta olin kuullut asioiden olevan siellä huonolla mallilla, hyvä että älysi tulla pois. Sinne jäädä muiden jalkoihin turhan päiten. Mikä siinä onkin, että niiden pitää kaahottaa maihin, jossa tappelevat. Omassa maassa olisi rauhallisempaa ja ei sodistakaan enää pelkoa.

Sairaanhoitaja Esko tuli kahdeksan jälkeen, sairaanhoitajat tulevat myöhemmin kuin muut. Ne ovat enemmän lukeneet kuin tavalliset hoitajat ja siksi niiden ei tarvitse nousta niin aikaisin. Jotain käytännön hyötyä lukemisestakin täytyi olla.

Eskon verkkaiseen tahtiin etenevää puhetta olisi voinut kuunnella loputtomiin. Se oli rauhoittavaa ja varsinkin silloin kun hän otti verinäytettä kyynärtaipeesta. Pistoa ei huomannut, kun ihaili tyyneyttä ja taitoa. Mustelmaa ei tullut koskaan. Muiden pistoksista tulee mustelmia, käsivarren peittäviä. Sellaisia, joita lapsena ylpeänä esitteli ja kulki viileällä ilman villatakkia. Nyt ei kukaan ihaile jäljelle jäänyttä mustelmaa, päinvastoin kauhistellen vetävät päälle pitkähihaisen.

16.

Anna tuli kertomaan kunnia-arvoisista vieraista, jotka saapuisivat pian palvelustaloomme. Liuin pehmeästi sohvasängylle liukulakanan ja Annan avulla. Kaikki potilaat siirrettiin päiväsaliin.

Sohvasänky mahdollisti vuoteessa makaavien osallistumisen juhlatilauksiin. Se oli kultaakin arvokkaampi keksintö, jonka oli suunnitellut Einari Kiukoinen Kankaanpäästä, kun oli toiminut vaimonsa omaishoitajana ja vaimoparka ei päässyt ulos millään pelillä. Oli sitten Einari alkanut asiaa pähkäilemään ja luonut aivan uskomattoman keksinnön. Reunojen pehmusteeksi oli asetettu plyysityynyjä, jotka olivat koristeltu kullanvärisillä napeilla. Patja oli samaa sinisen sävyä, jonka alaosassa kiemursi siksakkia. Sohvaan upposi mukavasti, ei pohjaan asti, niin että näki ympärilleen. Runko näytti pähkinältä ja kovaa käyttöä piti kestää. Taisi olla kumipyörät, kun mitään ei työnnettäessä kuulunut. Tarina ei kerro kerkisikö Einarin vaimo sohvaa testaamaan, mutta me muut sitäkin enemmän. Kiitos Einarille ja hänen vaimolleen.

Anna oli kertonut sohvan syntytarinan neitsytmatkallani jokunen vuosi sitten. Siihen mennessä en päässyt huoneestani tilaisuuksiin, koska sängyt olivat leveämpiä kuin huoneiden oviaukot. Siinä oli varmasti tullut mittavirhe sairaalasängyn tai oviaukon tekijälle. Minä ylistän ikuisesti Einaria, koska se oli tehnyt minut onnelliseksi. Mahtaako itsekään tietää, kuinka onnelliseksi.

Rollaattoripataljoona eteni käytävällä hoitajat perässään työntäen pyörätuoleissa istuvia potilaita. Paitsi Amaliaa, jota ei taaskaan näkynyt. Kolmannessa ryhmässä oli sohvasänkysankarit, siltä olo tuntui, kun päästiin pois huoneista. Sankarilta. Tyyne katsoi minua kysyvästi. Ajattelin, että ottaa vaan rauhallisesti, kyllä ne kukkaverhot siellä odottavat yhden juhlan ajan.

Päiväsali oli täynnä. Esikouluryhmä Pööpöttimet poukkoilivat kärsimättöminä salin etuosassa tarhatätien yrittäessä komentaa niitä paikoilleen ja olemaan hiljaa. Juoskoot minun puolestani kun voivat, kyllä vanhana joutaa maata kyllästymiseen asti. Puheensorina loppui kuin leikattuna, kun ylihoitaja Lehtonen nousi ja otti mikrofonin käteensä. Puhalsi siihen, ”kuuluuko”. Joku hoitaja huusi, jotta kuuluu. Ylihoitaja Lehtonen toivotti tervetulleeksi talon asukkaat, omaiset ja henkilökunnan. Kertoi yllätysvieraiden saapuvan esikouluryhmän lauluesityksen jälkeen.

Kun Raparperin alla ja Mörrimöykky olivat saaneet taputuksensa, marssi salin edustalle juhlapukuihin sonnustautunut ylväästi askeltava kymmenlukuinen joukkio. Siinä näkyi olevan rouvaa ja herraa jos jonkinlaista lyhyempien jäädessä taakse. Terttu kuiski korvaani mitä tapahtui. Minä en nähnyt kunnolla, vaikka sohvasängyt pyrittiin sijoittamaan salin reunoille näkyvyyttä helpottamaan. Arvovaltainen joukko koostui kunnanvaltuuston jäsenistä ja heillä oli meille hyviä uutisia. Palvelustalomme oli voittanut valtakunnallisen Yrittäjäpalkinnon. Niitä ei kuulemma kaikki saa, olimme edelläkävijöitä parantaessamme toimintaamme, kehittämistä ja yhteistyötä muiden kanssa, selvensi Terttu ja mietin oliko se hoitajien tekemä lehtinen syynä tähän.

Palkinnon meni hakemaan ylihoitaja Lehtonen ja sairaanhoitaja Esko. Eskolla oli päällä harmaa puku enkä meinannut tuntea. Eikä ylihoitaja Lehtosellakaan valkoista takkia ollut, vaan turkoosi housupuku. Kunnanjohtaja piti puheen taloudellisista näkymistä ja kukitti ylihoitaja Lehtosen. Päätteeksi oli kahvitarjoilu ja hoitajat poukkoilivat viemässä kahvia niille, jotka eivät itse saaneet tai viitsineet liittyä tungokseen. Terttu passasi minua ja Tyyneä. Saimme oikein hyvää pullamössöä. Taustalla Pööpöttimet lauloivat "Karhunpoika sairastaa" ja vanhoista viiksekkäistä pojista.

17.

Joka perjantainen Uutisvuoto-rinki keräsi vakioporukan päiväsaliin. Amalian, Helgan ja Kallen, Untokin tuli silloin tällöin ja aina joku ensikertalainen uskaltautui mukaan. Minua ei koskaan sinne viedä ja hyvä niin, en voisi vastata ryhmänvetäjän kysymyksiin, vaikka tietämykseni onkin hyvä. Minulle riittää, että näen ja kuulen päiväsalin tapahtumat vuoteeseen. Hoitajien kansliaan näen ja kuulen, huoneeni on parhaimmalla paikalla tapahtumia ajatellen. Entinen huone oli käytävän päässä ja tunsin olevani ulkopuolinen. Onneksi Terttu piti puoliani ja ehdotti siirtämistäni tapahtumien keskipisteeseen. Terttu oli perustellut ylihoitaja Lehtoselle siirtoa sillä, etten voinut osallistua mihinkään ja olen omassa maailmassani kaiket päivät. Olihan se totta. Omassa maailmassa minä olin ja olen vieläkin. Kenenkäs muun. Uuden huoneeni ansiosta toki maailmani on huomattavasti rikastunut.

Yksi aamutuurin hoitajista vetää ryhmää kysellen viikon varrelta mieleen jääneitä uutisia. Jos ei ollut uutista niin hoitaja keksi ilouutisen itse. Oliko hoitajaa käsketty kertomaan vain hyviä asioita. Onhan täällä sairastaminen ikävä henkilökohtainen uutinen monelle, joten miksi huonoilla uutisilla mielipahaa lisäämään.

Yksi huono uutinen oli tällä kertaa. Untoa ei näkyisi enää, vatsapöpö oli ollut vaarallista sorttia.

Kaikki hiljentyivät ja jäivät odottamaan kertooko hoitaja muuta aiheesta. Ei kertonut vaan siirtyi iloisempiin asioihin. Minä jäin miettimään kuolemaa. On se kumma, että välillä potilaita kuolee lyhyessä ajassa useita ja sitten tulee pitkä tauko ettei kukaan tahdo kuolla. Eihän se tietysti tahtomisesta kiinni ollut vaan siitä oliko aika täynnä tai tässä tapauksessa johtui ripulista.

Kallea kiinnosti Kyproksen tapahtumat ja puhuivat pitkään, hoitaja luki uusimmat uutiset maan tilanteesta. Kyproksesta ne ovat jaksaneet puhua koko kevään ja alkaa minua ainakin kyllästyttää sen maan asiat. Ihmettelen mikä Leenankin sai tilaamaan matkan Kyprokselle. Olisi sitä ollut maita muitakin. Hyvin se loma oli mennyt, kun pirteänä palasi valokuviaan esitellen. Ei niistä kuvista huomannut yhtään, että asiat oli huonosti. Kauniita auringonpaisteisia kuvia, joissa Leena ja tumma mies hymyilivät suurella kivellä, milloin kapakkapöydän ääressä hassunkuriset aurinkolasit silmillä ja sateenkaarenkirjavat pikarit edessään.

Vaikka kyseessä ei ollut laulutuokio, niin puhumaton Helga halusi laulaa. Puhumisen taito oli unohtunut, mutta laulun sanat eivät. Alkuaikoina tuokiot tahtoivat mennä Helgan lauluksi, mutta nykyään hän malttaa odottaa loppuun asti ennen kuin hoilottaa ”onkos tullut kesä talven keskelle.”

Uutisvuodon vetäjä lähtee viemään kahta pyörätuolipotilasta yhtä aikaa. Toista työntää käsikahvasta eteenpäin ja toista vetää perässään nurinpäin. Näyttää junalta. Olisi huutanut toisen hoitajan avuksi. Melkein osuivat oven karmiin.

Minun uutisvuotoni oli vasta aluillaan. Hoitajat nimesivät sitä viikkopalaveriksi ja odotin sitä koko viikon. Joskus hoitajat eivät sitä pitäneet ja viikkoni oli piloilla. Ajatuksissani kävi kato. Hoitajat kerääntyivät kansliaan rupattelemaan. Oli aamu- ja iltatuurin hoitajat, oli ylihoitaja Lehtonen. Oli niin paljon hoitajia, että ihmettelin kuinka mahtuivat kansliaan. Ilma sieltä loppuisi, jos pitäisivät kanslian ovea kiinni. Eivät pitäneet. Jotain hyvää oli toimimattomasta ilmanvaihdosta, sillä minä kuulisin vain oven ollessa auki. Joskus helteisinä kesäpäivinä pitivät päiväsalissa palaverinsa mikä sopi minulle vieläkin paremmin.

Silloin kun ylihoitaja Lehtonen oli paikalla puhuttiin virallisia asioita, mutta ylihoitajan poistuessa puhuivat epävirallisiakin. Ne olivat paljon mielenkiintoisempia kuin tylsät puheenaiheet liinavaatteista tai pesukoneessa kutistuneista villatakeista.

Yleensä hoitajat, joilla oli vapaa viikonloppu edessä, kertoivat muille suunnitelmistaan. Kuka oli menossa lasten kanssa hiihtämään, kuka kertoi vierailevansa vanhempien luona. Jollain oli aina remontti kesken. Esko oli ainoa, joka sanoi ottavansa vapaapäivänä rennosti ilman etukäteissuunnittelua. Maanantaina kuulisin kenen kohdalla suunnitelmat olivat toteutuneet.

Ne, joilla oli viikonloppuna työhuki, olivat joskus happaman kuuloisia, varsinkin jos kylällä tapahtui jotain kiinnostavaa, kevätmarkkinat tai tivoli käymässä. Olisihan se mukavaa, jos kaikki hoitajat pääsivät rientoihin mukaan. Potilaat olivat vaan ongelma, kun ei niitä arvannut tänne keskenään jättää. Minä ja Tyyne pärjäisimme varmasti jonkun aikaa, mutta Amalia oli arvaamaton tuolinsa kanssa enkä menisi Helgastakaan valoja vannomaan. Se voisi eksyä väärään huoneeseen laulamaan ja saada vihaisen potilaan peräänsä. Helga kun on niin sirorakenteinen, ettei siitä olisi vastusta naisihmiselle saati kiukkuiselle vanhalle ukolle.

18

Aurinko paistaa myöhään. Tyyne makaa silmät puoliavoimena kiinnittämättä huomioita punertavaan taivaanrantaan. Ei huomaa päivän pidenneen ja hoitajien siirtäneen kelloja kesään päin. Huomaisiko Tyyne jos kelloja siirrettäisiin vuorokaudella tai vaikka vuodella. Entä jos kelloja siirrettäisiin vuosikymmenillä taaksepäin. Mitä tekisimme saamalla lisäajalla. Osaisiko sitä elää toisella tapaa, haluaisiko. Eikö meillä ole jo ennalta määrätynlainen elämä joka on lyöty lukkoon syntymähetkellä. Jotkut sanovat, että on ja minä uskon siihen. Valintoja voimme tehdä, mutta uskon että valinnatkin ovat eri pituisia polkuja ennalta määrättyyn päätepisteeseen. Kohtaloon minä uskon, enkä uskaltaisi mennä sitä kovin paljon sorkkimaan. Ja jos joku väittää pystyvänsä muuttamaan kohtaloa tuosta vaan, niin kyllä sen täytyy olla joku yli-ihminen. Uhmata aina voi ja voihan silläkin tavoin onnistua horjuttamaan Luojan suunnitelmia, mutta tietäähän sen miten siinä pidemmän päälle käy.

Kyllä se on otettava vastaan mitä annetaan, opetettiin kotona. Oli uutiset hyviä tai huonoja niiden kanssa oli elettävä. Oltava kuuliainen, niiattava kohteliaasti silloinkin kun viestintuojalla oli huonoja uutisia. Jos alkoi liikaa miettimään asioita niin sekaisin siinä menisi. Jotkut olivat menneet.

Muistan isän kertomukset Piri-Pentistä, joka oli ollut järkimies siihen asti kunnes oli lukenut vääränlaista kirjallisuutta, ruvennut kiertämään kylällä puhumassa ihmeistä ja oudoista näyistä. Oli hyvä mies mennyt sekaisin kaikesta lukemastaan, oli kuvitellut löytävänsä oikotien onneen ja voivansa vaikuttaa loppuelämäänsä kirjoista löytämänsä tiedon avulla. Niin isä kertoi ja painotti aina oikeaoppisten kirjojen lukemista. En koskaan saanut selville, millaisia kirjoja Pentti oli lukenut enkä uskaltanut isältä kysyä. Isä painotti läksyjen teon tärkeyttä ja oikeudessa pysymistä. Mitä se sitten tarkoittikin, en tiedä, mutta luulen sen olleen tyytyväinen meihin lapsiin, kun kasvoimme ja aloimme huolehtimaan itsestämme eikä kukaan meistä koskaan seonnut.

Illan päätteeksi Kaisa kävi toivottamassa kauniita unia ja kyllä se uni taas maistuikin kaiken muistelun ja kuullun jälkeen.

19.

Sänky jossa makaan on sairaalasänky ja sairaala-sängyn tehtävänä on makuuttaa sairasta ihmistä. Tässä makaan enkä muuta voi, mutta jos voisin, niin en makaisi. En totta vieköön makaisi. Istuisin välillä sängyn reunalla jalkojani heilutellen ja silloin tällöin hyppäisin alas ja kävisin lavuaarin edessä kampaamassa hiuksiani. Lavuaarin päällä seinällä on pyöreä peili, onkohan se sairaalapeili. Sairaille tarkoitettu peili, josta voi terveetkin katsoa kuvaansa. Lavuaarin vieressä on pullo, josta hoitajat pumppaavat käsiinsä huoneeseen tullessa. Näin me kaikki vältymme bakteereilta, Terttu on kertonut, että joissain huoneissa on niin petolliset bakteerit, että sinne täytyy mennä suojavaatteet yllä.

On se hyvä, ettei minulla ja Tyynellä ole vaarallisia bakteereja. Ja minähän en sairas ole muutenkaan. Jos ei pääse liikkumaan, niin ei ole sairas. Jos ei pysty puhumaan, niin ei sekään ole sairautta. Se on puhumattomuutta. Mikäs sairas silloin on, jos on paikalleen tuomittu, mutta muutoin mukana elämässä. Kuulee ja näkee kaiken ja ajattelee terveitäkin paremmin.

Sänkyni edessä on valkoiset kaapin ovet. Ovien takana käyttämättömiksi jääneet koltut ja mekot, housupuvut ja leningit. Hattujakin. Vihreitä, punaisia huopahattuja. Ja kenkiä – voi kuinka minä olen niitä ostanut elämäni aikana! Olen pukeutunut aina näyttäviin kenkiin ja niiden vuoksi kääntänyt monien päät, niin miesten kuin naistenkin. Sirosti niillä astelin, ylväänä kaunis leninki yllä ja kesälläkin hattu päässä. Keräsin ihailevia katseita ja voi kuinka osasin olla ylpeä itsestäni. Kenkiäni minä kaipaan eniten, niiden vuoksi tahtoisin kävellä, metrin kaksi vain, että saisin jalkaani kauniit korkokengät ja soljet loistaisivat kauas.

Onhan se hyvä, että on kaappitilaa. Valkeiden ovien katsominen vuodesta toiseen on vaan niin tylsää ja epäilen tässä tulleen talon suunnittelijalle toisen virheen kapeiden oviaukkojen lisäksi. Onhan täällä avohylly, mutta kun se on tuolla pääni takana ylhäällä. Näkeehän sen tietysti huoneeseen tulleet hoitajat ja Tyynen vieraat. Ja Tyynen hyllyllä nyt onkin paljon niitä valokuvia. Ne minä näen kun olen vasemmalla kyljelläni hieman pää ylöspäin aseteltuna. Omaan hyllyyn en näe, mutta siellä ei tietääkseni ole kuin se yksi ristipistotyö. Ja pääsiäisen ajoilta keltainen tipu, jonka Terttu pisti sinne. Onko se vielä siellä, sitä en tiedä. Pääsiäisestä on jo kaksi viikkoa, joten en ihmettele vaikka Kaisa olisi työvuorossaan sen nakannut pois. Kaisa ei turhia tavaroita hyllyillä siedä ja onkin sanonut, että meidän huoneen hyllyistä on helppo pyyhkiä pölyt, kun ei ole mitään siirrettävää. Joidenkin hyllyt ovat niin täynnä maljakoita ja posliiniesineitä, että hoitajilla menee aika niiden pyyhkimiseen ja pitää kai ne posliinitkin joskus pyyhkiä.
Sitä vaan ihmettelen, että kenelle niitä posliineja

ja hienoja esineitä tuodaan, jos niiden muidenkin potilaiden hyllyt on sänkyjen takana eikä sängyssä olevan itsensä ihailtavissa. Vaan voivathan omaiset tuoda niitä siksikin, jotta hoitajat ja muiden potilaiden vieraat tietävät, että on kuitenkin tavaroita vielä olemassa. Ettei niitä ole vielä sukulaiset jakaneet keskenään ja koristelleet niillä omia koteja.

Onhan meillä täällä Tyynen nojatuoli ja se näkyy meille molemmille. Viime viikolla Tyynen yöpöydälle oli tuotu valkoinen joutsen. Porsliinia, sanoi omainen näyttäessään sitä minulle. Hieno se on, mutta pelkään Kaisan tiputtavan sen lattialle joku aamu puurotarjotinta pöydälle laittaessaan. Tuotu mikä tuotu ja kaunishan se tietysti on.

20.

On siinä esivalmistelua ennen kuin ihminen saadaan suihkulavetille turvallisesti. Kyllä sitä ihmettelen viikosta toiseen ja myönnän pelkääväni, vaikka taitavia hoitajat ovat, varsin varovaisia. Vaatii useamman hoitajan, jottei käteni tai jalkani taivu tai iho ota kipeästi metalliin. Niskaa pitää kannattaa.

Pesuhuoneeseen otetaan mukaan kampa ja hammasharja. Jalkarasva ja korvapuikot. Kynsien leikkaus kuuluu suihkupäivään ja sakset ovat suihkuhuoneen yläkaapissa. Yleensä on, mutta joskus ei ole ja silloin olen kuullut hoitajan käyttävän ronskia kieltä. Millä se lähtee kesken kaiken hakemaan saksia, kun ei meitä uskalla jättää yksin. Mehän voimme luiskahtaa lavetilta saippuaveden mukana ja silloin olisi luita poikki ja hoitaja saisi huomautuksen ylihoitaja Lehtoselta melko varmasti.

"Joku on vienyt viimeiset sakset pesuun. Millä minä nyt sun kyntesi leikkaan?"

Anna kääntyy puoleeni, ottaa kiinni ranteesta, avaa nyrkkini varovasti. Se ei satu, koska Anna tekee sen hitaasti. Suoristaa sormiani vuoronperään ja kumartuu katsomaan kynsien pituutta. Koittaa omalla sormellaan kynnen päältä ja kohentaa silmälasiensa asentoa. "Nämä eivät ole pitkät, leikataan ensi viikolla."

Anna aukaisee saunaan menevän oven ja heittää

kynnykseltä pari kauhallista vettä kiukaalle. Sihahduksen jälkeen kosteus leijailee pesuhuoneen puolelle, lämmin voitelee kipeitä niveliäni. Pesijäni hyräillessä suihku liukuu päästä varpaisiin ja takaisin. Anna ei höpöttele koskaan turhan päiväisiä toisin kuin eräät hoitajat joiden suu käy kuin papupata koko suihkutuksen ajan.

Kaisan pää kurkistaa oviaukosta Annan hieroessa shampoota hiuksiini. Kaisan potilas on tulossa pesulle ja näen suihkutuolissa kookkaan rouvashenkilön, jolla on kirkuva pesusieni sylissään. Siinä ne seistä toljottavat oviaukossa ja päästävät kylmää sisälle. Laittakaa se ovi kiinni, ajattelen ja samalla Kaisa työntää suihkutuolin pesuhuoneen puolelle viereeni. Kyllä tänne mahtuu, suljen silmäni, etten saa pesuainetta silmiini. Ja se ovi kiinni!

Rouva suihkutuolissa työnnetään saunan puolelle lämmittelemään. Nykyään tuovat yksitellen potilaita pesulle tai niin, että yksi istuu saunassa toisen ollessa suihkutettavana. Onkohan tullut nuhteita ylihoitaja Lehtoselta, kun ennenvanhaan suihkuhuoneesta kuului kova pulina hoitajien yhtä aikaa pestessä. Yksi iso valkoinen alle, yksi päälle. Yksi pieni pyyhe pään alle ja yksi vieläkin pienempi jalkojen kuivaamiseen. Joku petaa pedin sillä aikaa, kun ollaan suihkuhuoneessa, varmaan se Kaisa. On sitten puhdas odottamassa, kun tullaan. Saattavat kiertää papiljotin etutukkaan. Lakanat tuntuvat uusilta mankeloinnin jälkeen, en tunne ryppyjä allani. Tuoksuu raitis tuuli, syksyn omenat ovat vuoteessani, seassa hiukan persikkaa. Vuoteessani tuoksuu koti. Tunnen itseni arvokkaaksi.

21.

Terttu on viimepäivinä hyräillyt, sirkuttaen ottanut tanssiaskelia. Vanhaksi sanoo itseään oikaisten peittoani ja ottaa lisää tanssiaskelia. Lumen sulaminen ja maljakkoon ilmestyneet narsissit ovat saaneet omahoitajani villiksi. Tukkakin yltää poninhännälle. Parempi tukka sillä nyt on kuin se lyhyt malli. Mieshoitajilla olkoon lyhyt tukka, vaikka alakerran Heikki tekee siinäkin poikkeuksen pitkällä harjallaan.

Terttu oli lorauttanut kaulalleen hajuvettä ja kuvittelin olevani vierailulla Fragonardin hajuvesitehtaalla Monacossa. Sisko oli kerran Helsingin matkallaan täyttänyt arpalipukkeen ja kahdenhengen matka osui kohdalle. Lentokoneessa ihmettelimme pilviä allamme ja suurkaupungin ihmispaljoutta. Tehtaan parfyymit levisivät kauas pihapiiriin ja välillä olen tunnistavinani tutun aromin hoitajan vaatteissa.

Tertulla on ollut vaikeaa viime vuosina, vaikeampaa kuin olin arvannut. Mies oli uhkaillut kaikki nämä vuodet ja luvannut polttaa talon poroksi jos ei Terttu palaisi takaisin hänen luokseen. Vasta vähän aikaa sitten Terttu oli näistä puhunut, ei minulle suoranaisesti, mutta tässä huoneessa muille. Lapsetkin aikuisia, mutta mies on yrittänyt lasten päätä kääntää Terttua vastaan ja sekös on kauheinta mitä voi lapsilleen tehdä. Yrittää kääntää toista vanhempaa vastaan.

Terttu on kuitenkin jaksanut mielestäni hyvin. Jaksanut käydä työssä ja hoitanut asiansa. Kun aikoinaan kuulin, että Terttu aikoo erota miehestään, niin en minä sitä hyvällä katsonut. Olisi pitänyt vielä yrittää ja puhua, antaa anteeksi jos se toinen oli tehnyt tyhmyyksiä. Nyt minä ymmärrän Terttua. Sen jälkeen, mitä olen kuullut. Uhkailuista ja lyömisistä. Joskus ajattelin, että ero on suuri häpeä, mutta Tertun tapauksessa se oli ainoa ratkaisu. Ja on sitten lapsilleen esimerkkinä, että nainenkin voi pärjätä ilman miehen tuomaa taloudellista tukea. Varsinkin jos se mies on sellainen väkivallan tekijä.

Kaisakin tuomitsi miehen sanomalla, että jos oma mies löisi, niin päästäisi ilmat pihalle. Terttu toppuutteli Kaisaa, ettei sitä hengiltä sentään voinut ottaa. Välillä ihmettelin Kaisan mielialan vaihtelua. Välillä mietin oliko se tosissaan vai laskiko leikkiä. Ehkä Kaisa oli väsynyt pitkistä työvuoroista tehdessään yötä päivää töitä. Sitten se oli pitkiä aikoja omilla matkoillaan ja en nähnyt siitä vilaustakaan. Joskus se oli ylimääräisenä yötuurissa ja niitä oli jo neljä meidän unta valvomassa. Vai olinko mennyt päivissä ja öissä sekaisin. Laskuissakin. En ollut ihan varma.

"Vihdoin vapaa kuin taivaan lintu ja voin vannoa, että yksin aion elää ja nauttia elämästäni tästä eteenpäin – niin ellei kohdalle osu komeaa uljasta prinssiä valkoisella ratsullaan ja tuo minulle sylin täydeltä sinisiä, punaisia ruusunkukkia. Siinä tapauksessa minä saatan harkita."

Terttu nauraa ja tarjoaa nokkamukista jaffaa. Laimistunut juoma maistuu paremmalta, kun omahoitajalla on asiat mallillaan. Onneksi sillä on lapset tehtynä, vaikka eihän se mikään välttämättömyys ole, enhän minäkään niitä tehnyt. En halunnut.

Uljaan prinssin varaan minä en kyllä laskisi, mutta jos Terttu tapaisi lukeneemman miehen toisella kierroksella. Vaikka lääkärin meidän palvelustalosta. Sellaisella olisi enemmän käyttöä, kuin prinssillä, joka vaan olisi komeaa katseltavaa. Vaikka onhan se silmänruokakin tärkeää vanhoilla päivillä, kun muuten on tekemiset kortilla. Tahtoo vaan iän mukana näkö mennä ja muisti temppuilla. Ei sitten enää näe eikä muista oliko siinä vieressä prinssi vai lääkäri. Kyllä se lääkäri olisi Tertulle parempi.

22.

Kaisa juoksee huoneessamme milloin mitäkin toimittamassa, milloin on puhelin korvassa tai sukat tuomisina. Milloin muuten vaan poikkeaa ohi kulkiessaan. Aina sillä jotain on olevinaan, onko sillä aikaa muille potilaille yhtä paljon kuin meille. On kausia, jolloin Kaisa melkein asuu huoneessamme. Tulee ja menee, muttei viihdy koskaan muiden hoitajien kanssa. Ihan kuin se välttelisi muita tai omisi meidät molemmat itselleen, ottaa nokkiinsa kun joku muu tulee meitä hoitamaan.

Tyyne on Kaisan omapotilas. Juottaa Tyyneä alvariinsa, leipoo tyynyä pään alla ja vetää pussilakanan kulmista peittoa näkyviin. Joskus tuo vaatteissaan kanelipullan tuoksun tai muita muistoja menneisyydestä.

Onkohan Kaisa päättänyt kunnostautua hoitajana, päästä ylihoitaja Lehtosen suosioon. Kuvitteleeko Kaisa ohittavansa Tertun ylihoitajan jäädessä eläkkeelle. Sitä en usko, vaikka Kaisa on kerkiiväinen. Välillä liiankin, voisi joskus viikata rauhassa vaatteet kaappeihin ja pyyhkäistä yöpöydistä hyllyt. Ja ne sälekaihtimet, koskaan ei aamulla kerkiä avaamaan eikä illalla laskemaan alas. Ja siitä varsinkaan yöperhoset eivät tykkää. Sanovat iltakierrokselle tullessaan, ettei ole soveliasta ulkopuolisten nähdä huoneiden tapahtumia, jos verhot ovat auki ja valot päällä.

Vieraita on tullut ja mennyt, kahvia kakkuineen tarjolla ylen määrin. Veteraanipäivän kunniaksi saapui arvokkaita puheenpitäjiä. Siellä minäkin olin sohvasängylläni salin perällä kahden saman sorttisen kanssa. Tuolirivit päiväsalissa olivat kukonlaulun aikaan odottamassa istujia, yöperhoset olivat ahkeroineet. Olihan suomalaisilla aihetta juhlaan, niin sairailla kuin terveilläkin.

Pitopalvelu Lemminkäiseltä oli tilattu tarjottavat ja sijaisia palkattu, siitä olin hyvilläni. Siitä, että ylihoitaja Lehtonen ymmärtää, etteivät hoitajat kerkiä tällaisia juhlia järjestämään, jos eivät saa ylimääräisiä käsipareja avukseen. Sydän sillä on paikallaan kun tuli kysymään lähdetäänkö Tyynen kanssa juhliin. Ajattelin lähteväni ja koska minä lähdin niin Tyynekin lähti.

Veteraanipäivän juhlallisuuksiin pääsimme ylihoitajan saattamana. Olin leuhka, kun näin Amalian pistävän merkille kyyditsijäni. Ei sen niin väliä jos ei itse päässyt liikkumaan, jos sai näin arvovaltaista kyytiä.

Amalia aloitti kiekumisen heti ensimmäisen puhujavieraan aikana. Repi vieressä olevan hoitajan takkia ja kun ei onnistunut saamaan palaa itselleen, niin kirosi kovaan ääneen ja minua hävetti. Hoitajien piti viedä se pois. Mikähän sille oli tullut, kun yleensä oli hillitty juhlissa. Oliko sille noussut ikäviä asioita mieleen, oliko se menettänyt miehensä sodassa tai isänsä tai vaikka koko perheensä. Ei sitä vieras voinut tietää, mistä hermostuu ihminen tuolla tavoin.

Juhlapyhiä tuntui riittävän ja mietin oliko lapsena juhlittu yhtä paljon. Tuntui, että jokaisella viikolla oli nykyään joku juhla ja jos ei allakassa siitä mainittu, niin hoitajat keksivät päästään. Hyvä sellaisille, jotka jaksoivat juhlia ja laulaa. Minulle riitti kyllä joulu ja juhannus ja vappu joinakin vuosina. Muusta en enää niinkään välittänyt. Juhlatkin liikaa juhlittuna alkavat maistumaan puulta. Koskahan ne keksivät juhlia päivää, jolloin ei ole varsinaista juhlan aihetta ollenkaan. Vai menisikö nimipäivät sellaisista päivistä, Untonpäivä, Anjanpäivä ja ehkä ovesta ensimmäisen päiväkin mahtuisi joukkoon. Se vasta kiva päivä olisi. Voisivat laulaa paljon onnea vaan ovesta ensimmäiselle ja toisivat kermakakkua soseena. Söisin mielelläni ja ottaisin kulauksen viiniä, jos tarjoisivat. Se olisi todella hieno päivä ja sitä kannattaisi juhlia aamusta iltaan. Ainakin siihen asti kun yöperhoset tulevat. Ne eivät viiniä juottaisi, niillä on iänikuiset nokkamukit ja nissä samaa appelsiinimehua päivästä toiseen. Tai vettä.

Ulkona juotiin simaa ja syötiin makkaraa sinapin kera. Heikki soitti kitaraa ja hoitaja laulatti potilaita. Minä en niissä juhlissa ollut mukana eikä Tyynekään. Ilma oli liian kolea sohvasängyssä makaavalle. Saimme kuitenkin simaa ja muussattua makkaraa ja se maistui taivaalliselta. Voi kun vappu olisi useammin, että saisi grillimakkaraa. Ei sen tarvitse olla kepin nenässä itse nuotiolla käristettyä. Kyllä maun ja tuoksun tunnistaa, vaikka olisi Terttu haarukalla hienontanut ja lusikalla tarjoillut.

23

Yöaikaan osastolla kuuluu ääniä. Päivällä äänet hukkuvat puheensorinaan, huutoon ja kengän kopinaan. Tai sitten ääniä ei ole olemassa päivällä. Kuulen yöperhosen naputtelun tietokoneella, avaavan kaappien lukkoja ja laittavan kiinni. Rapistelee papereita ja naksuttelee kuulakärkikynän nuppia, miettii varmaan mitä papereihin kirjoittaisi. Joskus se haukottelee syvään ja tartuttaa minuunkin. En tiedä haukottelenko minä enää, aukeaako suupieleni yhtä autuaana, kuin yrittäessämme rikkoa valvomisessa ennätystä Katrin kanssa. Saatan minä haukotella, vaikka en tunne sisään vetämääni ilmaa saati ulos purkautuvaa. Samoin kuin yöperhosen haukotellessa aamu- ja yöntunteina jolloin haluaisin pyytää hänet hetkeksi viereeni, oikaisemaan väsyneitä jalkoja.

Piipittävän äänen kuulin joskus päivälläkin. Tarpeeksi kuunneltuani varmistuin, ettei se kuulunut sisältäni. Oliko täällä linnunpoikia, vaikka ei ne yöllä piipittäisi, ei ainakaan ennen vanhaan. Näistä nykyisistä en menisi takuuseen, ajat ovat muuttuneet luontokappaleidenkin kohdalla. Tänne ne tuskin uskalsivat pesää tekemään. Täällä oli liikaa kemikaalipullojen hajuja, liikaa kilahduksia ja pesukoneiden surinaa.

Leenalla piipitti aamupesujen aikaan. Kaivaessaan taskustaan tumman palikan näperteli sitä keskittyneesti hetken ja sujautti taskuunsa takaisin. Pyysi anteeksi ja kertoi sen olleen viestin, johon piti vastata. Pyysi toistamiseen anteeksi sitäkin, että oli unohtanut puhelimeen äänen päälle. Minä siihen mitään virkannut, olin helpottunut että tämä asia selvisi. Nyt tiedän, että yöllinen piipitys on tärkeitä viestejä, joihin pitää heti vastata. Ja jos se kerta oli oikea puhelin, niin eihän sitä kuullut, jos se ei pitänyt ääntä. Mitä sellaisella kukaan tekisi, jos siihen ei saanut vastata. Ja voihan siihen soittaa joku väärä henkilö ja sanoa, "anteeksi väärä numero" ja se ei kauaa aikaa veisi. Toisaalta, jos siihen vallan väärät ihmiset soittivat, niin oliko järkeä kantaa kapistusta ollenkaan mukana. Voisiko Leena olla niin ajattelematon, että antaisi väärille ihmisille numeronsa. En usko sitäkään, joten ihan oikeus ja kohtuus on Leenan antaa kantaa puhelinta taskussa ja pitää siinä ääniä.

Päiväsalin suuri ilmastointilaite pitää yöllä hurinaa. Puhaltaa ja puhisee nurkissa, osuu joskus huoneisiin tuoden pölypallon tullessaan. Sen ääntä ei kuule päivällä tai sitten se ei ole päällä ollenkaan. Yöllä minua paleltaa ja tahtoisin toisen untuvapeiton. Päivällä voisi minun puolestani olla ilmastoinnit päällä ja yöllä kiinni, mutta enhän minä yletä sinne sulkemaan ja avaamaan. Säätämään kallista laitetta. Menisi vielä rikki. Päivällä hoitajat pyyhkivät hikeä otsalta, nostelevat käsivarsia ja liehuttelevat kainalon alusiaan: "täällä ei ilmastointi pelaa". Näyttävät kanoilta ja kotkottavat päälle, nauraisin jos en tuntisi myötätuntoa.

Yöperhosten pitäessä ruokataukoa mikroaaltouunin kilahdus kaikuu yönhiljaisessa päiväsalissa. Lihapiirakat tuoksuvat ja ketsuppipulloa puristettaessa kuuluu samanlainen ääni kuin Kallen noustessa päiväsalin nahkasohvalta. Tiedän senkin milloin ketsuppi on lopuillaan. Silloin, kun hakkaavat pulloa käsillään ja sanovat, että pitää laittaa keittiötilaukseen ketsuppi ja kaikki nyökkäävät. En minä sitä nyökyttelyä näe, mutta oletan kaikkien olevan samaa mieltä ja eikös silloin ole tapana nyökyttää päätänsä. Juttelevat kuiskaten, kertovat mitä kenenkin osastolla on siihen mennessä tapahtunut. Onko esimerkiksi jollekin laitettu iltatuurissa väärä vaippa. Niitä kun on erilaisia ja ne luokitellaan imukykynsä mukaan. Yhdellä vaipalla pitäisi pärjätä koko yö, sanoo naapuriosaston hoitaja, joka tuntuu olevan tarkka. Se saarnaa kaikista pikkuasioista, hakemalla hakee iltatuurilaisten virheitä. Se on kai vähän erikoinen muiden hoitajien mielestä, mutta ei ne mitään sano. Minä voisin sanoa, nätisti ojentaisin, ettei saa toisten töitä moittia. Keskittyisi vaan omiin tekemisiinsä ja muistaisi laittaa ketsuppia tilaukseen.

Joskus kuulen naapuriosaston hoitajan kiiruhtavan minun osastolleni ja selittävän jotain mistä en saa selvää. Kuulen kuinka osastoni yöperhonen vastaa, ettei voi kauaksi aikaa jättää osastoaan yksin. Minä tiedän miksi. Amalia voi lähteä vuoteestaan ja huonokinttuisena kierähtäisi lattialle pahoin seurauksin. Sille on suunniteltu yöksi magneettivyötä, mutta en tiedä millainen se magneetti on. Iso sen täytyy olla, kun Amalia on tuhti. Sitten on Laina. Sillä on hengityskatkoksia ja hoitajan pitää käydä kuuntelemassa, jottei se lopeta hengittämistä. Vaikka toisaalta, jos se lopettaa, niin minkäs hoitaja sille tekee, yli satavuotiaalle. Eikös Laina ole saanut hengittää tarpeeksi tämän planeetan ilmakehää, joten olisiko Lainalla itsellään mitään sitä vastaan, jos viimeinen hengenveto koittaisi. Sairas kun on ja valittaa niin kovin, että kuulen sen huoneeseeni asti. Sitten on öitä, jolloin en näe hoitajaa ollenkaan tai nukun sikeästi herätäkseni heidän käynteihinsä. Toissa yönä heräsin. Sormet olivat kietoutuneena nilkkani ympärille kuin varmistaakseen niiden paikallaan pysymisen. Minusta tuntui, että voisin liikuuttaa jalkojani, nousta ylös katsomaan kuka minua aamuyöllä kutsuu. En voinut, mutta kosketus oli kuin viesti, jota en osannut tulkita.

Seuraavan yöperhosen tunsin. Rauhallinen Anna käänsi minut toiselle kyljelle, hänen otteensa olivat tuttuja, eivät salaperäisiä. Yöllä yksinäisyys sai suuret mittasuhteet ja valveilla olo tuntui toisinaan sietämättömältä.

Tylsyydessä oli puolensa. Viihdytin itseäni kutkuttavilla tarinoilla, joita olin kuullut kerrottavan uusille yöperhosille. Puhuivat kuolleista potilaista, jotka kummittelivat öisin. Vanhoihin palvelustaloihin niitä oli kertynyt kasapäin haahuilemaan ja niillä oli tapana laahustaa hämäriä käytäviä edes takaisin. Ainoa paikka mihin kummitukset eivät halun-

neet oli talon pyykkihuone. Sinne eivät halunneet
hoitajatkaan, sillä ylihoitaja Lehtonen kuului usein
huutavan:

*"pyykkihuone tursuaa pyykkiä, montako kertaa pitää
muistuttaa, että pyykinpesu kuuluu myös päivävuorolai-
sille!"*

Ulko-ovet olivat kummitusten mielipaikkoja ja ovet
avautuivat itsekseen monta kertaa yössä. Jos se po-
tilas eläessään olisi halunnut useammin ulos ja nyt
sitten käytti tilaisuutta hyväkseen, kun pääsi kulke-
maan ilman hoitajan perään juoksemista.

Oli tarinoita itsekseen aukeavista huoneiden ovista,
jotka ennustivat kuolemaa. Hoitajat sanoivat: "ei
kahta ilman kolmatta." Jos kaksi oli kuollut niin kyllä
se kolmas vielä saatiin. Hoitajat tietävät nämä asiat,
he ovat tekemisissä kuoleman kanssa joten vaistot ke-
hittyvät. Vähän niin kuin Aini-vainaalla, isän äidillä,
joka tiesi vinttinsä kamarissa asuvasta 1800-luvulla
eläneestä pariskunnasta. Ei sitäkään kukaan nähnyt,
mutta Ainivainaa tunsi niiden olemassaolon.

Hoitajat tunsivat palvelutalonsa haamut ja kum-
majaiset. Eräänä aamuna oli banaanikulho hävin-
nyt salin pöydältä, mutta se oli löytynyt Kallen vaate-
kaapista kalsareiden alta. Sillä kertaa siinä ei mitään
yliluonnollista ollut.

24.

Se on naapuriosastolla sama kesäsijainen kuin viime vuonna. Kävi katsomassa onko meidän huoneessa sama asukki. Puhumaton ja kantelematon, mistään tietämätön. Ja täällähän minä olin!

Palmikkopää esitteli itsensä Tyynelle, vaikkei Tyyne siitä välittänyt, nukkui tuttuun tapaansa. Minä katselin tyttöä ja se oli kasvanut viime kesästä. Näytti pulskemmalta eikä ollut niin ketterä liikkeissään kuin viime kesänä. Olikohan se aikuistunut, kun katsoi puhuessaan silmiin, eihän se viime vuonna puhunut ollenkaan. Eihän se huomannut koko talosta kuin Eskon. Saipahan Eskokin jotain muisteltavaa kun sairastui pusutautiin. Mahtaako palmikkopää arvata, ettei saa miestä enää ketkutuksiinsa. Esko on nykyään varattu mies ja vasemman käden nimetön kertokoon sen palmikkopäällekin. Minun aikani ei riitä kesäsijaisille, kun on näissä omissa hoitajissakin tarpeeksi miettimistä.

Kesähäät olisivat joka tapauksessa tervetulleet. Terttu on poissa laskuista ja Annalla oli vasta juhlat, ei silläkään ole varaa häitä järjestää. Leena olisi hyvässä naimaiässä, mutta ne raha-asiat ovat vielä vinksallaan. Jäisikö kiire-Kaisa ainoaksi vaihtoehdoksi. Hänen häitäkö seuraavaksi tanssittaisiin.

Kyllähän nykyään naimaluvankin saa nimismiehen virastosta ilman suurempia juhlallisuuksia vaikka en perusta naimakaupoista, joissa nimi vain käydään tälläämässä paperiin eikä järjestetä edes kahvitilaisuutta sukulaisille. Ei kai sitä nyt montaa kertaa ihminen häitään elämässä tanssi.

Heikki olisi komea mies, jos se leikkauttaisi tukkansa oikean mittaiseksi, riuska ja kädet vapaana apua pyydettäessä. Voi kun tekisi mieleni kysyä Heikiltä onko se jo kattonut itselleen morsiamen valmiiksi. Ja jos ei, niin siitähän Kaisa saisi hyvän puolison. Siinä meillä olisi sellainen pari, joka kääntäisi päät. Voi kun tekisi mieleni sanoa Heikille, että menee kosimaan Kaisaa ennen kuin muut kerkiää. Kaisa sitten aikanaan rauhoittuu hidastaen vauhtia, rupeaa lapsiakin saamaan. Niistä tulisi kauniita tyttöjä ja komeita poikia. Täytyisi vaan Kaisan saada Heikki ymmärtämään, ettei pojilla pidetä poninhäntää, mutta heidän tyttärilleen sellainen sopisi oikein hyvin.

Ylihoitaja Lehtonen seisoo Tyynen vuoteen vieressä. En kuule kuorsausta, en näe vierustoverini kasvoja, aistini ovat hukanneet Tyynen. Valkoinen lakana on vedetty vuoteen yli. Esko ja Anna seisovat ikkunan edessä. Vuosisadan vaellus on päättynyt ja torkut vaihtuneet ikiuneksi. Äänet muuttuneet hiljaisuudeksi, aika pysähtynyt vuoteen viereen. Minun huoneeseeni, jossa tänään ei kukaan puhunut turhaan, ei edes Kaisa.

Missä Tyyne oli. Tyyne oli varmasti jossain. Ei ihmisen elämä pääty noin vain, ei se voi. Minä uskon siihen, että olomuoto muuttuu, mutta sielu pysyy. Ei niin suurta armolahjaa kuin syntymisen lahja voinut heittää kuolemassa hukkaan ja hyväksyä kaiken loppumista tuosta vaan.

Tyyne vietiin käytävän päässä olevaan huoneeseen, sinne minne kaikki kuolleet siirrettiin. Tyhjään hämärään, jonka pöydällä patterikäyttöinen kynttilä lepatti aidon näköisenä valkoisen enkelin vieressä. Tyynen päällä oli varmasti pieni valkoinen liljanoksa. En minä kerinnyt hyvästelemään Tyyneä enkä minä huoli sitä tehdä nytkään. Minulla ja Tyynellä on vielä asioita kesken ja selvitämme niitä tuonnempana, vaikka sitten siellä toisessa ulottuvuudessa. Tyyne kuuli varmasti ajatukseni ja siitä jäi rauhallinen olo.

25

Olin taas yksin. En muistanut kuinka yksinäiseltä yksinolo tuntuu. Aika ei kulje eteenpäin, hoitajien käynnit ovat vähentyneet. Huoneeseen tullessaan ne kaartavat suoraan eteeni. Näkevät minut eivätkä katso tyhjää petiä - ihan kuin siinä ei olisi koskaan kukaan maannutkaan. Päiväpeitto pysyy siinä rypistymättömänä päivästä toiseen ja yöpöydän päällä pölyhiukkaset muodostavat harmaan harson. Sellaisen juuri havaittavan, jonka erottaa makuuasennosta siristäen silmänsä määrätyllä tavalla. Kun hoitaja pöyhii peittoani näen, kuinka Tyynen pöydältä hiukkaset pöllähtävät korkealle ja laskuvarjon tavoin leijailevat alas. Mietin oliko pölyhiukkasista joku olemassa jo Tyynen ollessa täällä. Oliko minulla yhteys Tyyneen pölyhiukkasen välityksellä. Olisiko Tyyne pahoillaan, jos pöytää ei pyyhitty puhtaaksi. Minä en ollut, sillä minusta tuntui, että Tyyne oli pöydän pinnalla.

Totuin Tyyneen, hänen seurassaan oli turvallista. Nyt tunnen kipua paikoissa, joissa niitä ei ennen ollut. Ei ennen Tyyneä eikä Tyynen aikana. Onko kuolleilla yhtä yksinäistä? Onko heillä liikaa seuralaisia ja tekemistä yötä päivää? Onkohan kuolleilla vuorokauden aikoja? Jospa siellä on aikaa yllin kyllin, jos maan päällä turhuuteen tuhlattu aika on säästetty aikapankkiin, jonka voi käyttää taivaassa uudelleen entistä paremmin. Niin minä sen ajattelen, niin sen täytyy olla. Pitäähän tänne jääneillä olla pieni toivonripe siitä, että viimeistään taivaan portin paremmalla puolen on mahdollisuus korjata täällä alhaalla tekemiään virheitä.

En ihmettele, en tuomitse ollenkaan, jos minunlaiseni toivoo pääsevänsä täältä pois. Ne, jotka ovat nähneet kaiken. Joilla ei ole ketään ystävää, jonka vuoksi pysyä täällä.

Minä haluan olla elämän menossa vielä mukana. Minulla on kaikki hyvin, vaikka olenkin nyt yksin. Minulla on sentään taito nähdä ja kuulla, ajatella asiat itselleni sopiviksi. Minä voin ajatella menneitä ja suunnitella tulevia. Ja joskus voin olla ajattelematta yhtään mitään. Uskon olevani etuoikeutettu saadessani olla palvelustalossa hyvien hoitajien huomassa. Yksin olemisen jaksaa paremmin, kun tietää olevansa hyväksytty ja toiset välittävät oikeasti. Ei velvollisuudesta, vaan sillä tavalla kuin äiti huolehtii lapsistaan ja lapset myöhemmin vanhemmistaan. Lähetän päivän viimeisen ajatukseni Tyynelle.

Ei siinä puheita tarvittu, juotiin kahvia. Suurin osa oli tietämätön kenen muistoksi juotiin. Ylihoitaja Lehtonen soitti pianolla virren ja joku lauloi mukana, salin pöydällä tuikki tutuksi tullut patterikynttilä. Lyhyen tilaisuuden jälkeen ylihoitaja Lehtonen otti kynttilän pistäen sen päivänkakkaraessunsa taskuun ja käteensä enkelin. Säilytti omassa huoneessaan. Hänen mukanaan kynttilä ja enkeli kulkivat.

Muistotilaisuuden jälkeen sairastuin pöpöön. Olin

niin kipeä, että ajatukseni lakkasivat ja vietin monta päivää katselemalla tyhjin silmin ja sitä, mitä minulle tehtiin. Terttu oli huolissaan minusta ja näin Leenan pyörittävän päätään. Luuli varmaan, että olin kuollut. Lopetti pään pyörittämisen, kun avasin silmäni.

Terttu sanoi sitä kuntoutumiseksi, kun allani olevia sinisiä vuodesuojia ei tarvinnut enää koko ajan vaihtaa. Ajatukseni olivat palanneet ja tunnistin ympärilläni heränneen maailman. Olin täynnä tarmoa pysymään hereillä ja huolehtimaan osastoni asioista ja hoitajieni tekemisistä ja tekemättä jättämisistä.

Eihän hoitajat sitä ymmärtäneet, että minunlaiseni vaikuttaisi heihin. Eivät tienneet minun osallisuudestani Kaisan ja Heikin Kanarianmatkassakin. Toivottavasti matka on lähentänyt heitä. Taidan olla meedio ilman kristallipalloa. Välillä kun oikein kovasti toivon, että joku tulisi luokseni niin sieltä on hoitaja tullut. Istunut vieressäni pitkän aikaa ja jutellut. Kertonut mitä aikoo tehdä seuraavana vapaapäivänään. Viekö lapsia uimahalliin vai aikooko haravoida pihan. Hoitajilla on kivoja juttuja, vaikka toistavatkin samoja asioita päivästä toiseen. Joskus epäilen niillä olevan sitä dementtiaa, joka on nykyään sellainen muotisairaus vanhemmilla ihmisillä.

26.

Leena on onnistunut sotkemaan raha-asiansa uudestaan ja niin kuin minä olin jo tyytyväinen. Huomasin kaulalla ketjun, jossa kimalteli taivaansininen kivi. Leena esitteli sen minulle, kun katseeni kiinnittyi siihen hänen pyyhkiessään unenrippeitä silmistäni.

Kuinka kallis se oli mahtanut olla, onkohan saanut lahjaksi vai itse ostanut. Jos on itse ostanut, niin millä rahalla. Millä ihmeen rahoilla se ostaa aina kaikenlaista tavaraa itselleen. Kohta sen on rahat loppu eikä riitä ruokaan. Voi kun joku sanoisi sille, että lopettaa törsäämisen. Ei se voi niin hyvin tienata, kun ei ole tuon enempää lukenut. Joku voisi muistuttaa, että raha on tiukassa, sen kanssa pitää elää säästeliäästi. Koskaan ei tiedä milloin työt loppuu ja joutuu pois asunnosta ja hakemaan köyhäinapua kunnasta. Sitten joutuu antamaan pantiksi korunsa. Tuskin ne paljon niistä maksavat, vaikka tavara olisi hyvänä pysynyt.

Leena on tuttu vuosien takaa, mutta en saa päähäni mistä. Leena puhuu minulle tuttavallisemmin kuin muut hoitajat ja kysyy muistanko jotain ihmistä ja hauskaa tapahtumaa. Jos Leena on sitä mieltä että olemme tunteneet toisemme aikoinaan, niin en minä sitä vastaankaan väitä. Nuori ihminen muistaa paremmin asiat. Jotain tuttua Leenassa on, sitä en kiellä, mutta en tiedä onko se tuttu täältä vai sieltä menneisyydestä. Voihan olla, että Leena on jonkun entisen naapurin lapsia vai oliko Leena käynyt auttamassa silloin kun asuin vielä kotona. En minä muista ja pää tulee kipeäksi jos liikaa pohtii joutavaa asiaa. Muistelen mieluummin vanhempia asioita, koska niiden ajatteleminen on helpompaa. Muistan mieluummin yksityiskohtia lapsuudesta kuin vanhempana koettuja asioita. Lapsuuden kokemukset olivat sitäpaitsi parempia ja niiden fundeeraamisessa aika kuluu leppoisasti.

"Tilasin osamaksulla, se oli puoleen hintaan. Osamaksulla ostaessa ei tee kuukaudessa paljonkaan."

Leenan silmät loistivat kiveä kirkkaammin. Viime kuussa Leena oli vaihtanut autonsa uuteen, kun siihen olisi tullut iso remontti ja olisi maksanut paljon. Nyt kun on uusi auto, niin ei tule remonttia ollenkaan ja kuukaudessa ei paljon tarvitse lyhentää. Sitä edellisenä hän oli ollut Tallinnan risteilyllä ja nyt tämä ketjukin.

Viime talvena siirteli alvariinsa sähkölaskuja seuraaviin palkkapäiviin. Silloin oli kylmät ilmat ja jäätynyt se sinne asuntoonsa olisi, jos ei olisi saanut selvitettyä. Ettei nyt vaan olisi sama juttu edessä. Perui onneksi kaikki naistenlehtitilauksensa ja mitä hän sellaisilla tekisi. Tilaisi vaan lisää tavaraa heikkoina hetkinään. Sillähän ne lehdet elävät, höynäytettävien kustannuksella. Voi tyttörukkaa millaiseen velkakierteeseen on itsensä taas ajanut. Onkohan tuollainen käyttäytyminen ihan tervettä. Onko toisille ihmisille syksyllä iskeneessä masennuksessa tuollaisia oireita. Pitää ostella itselleen kaikenlaista, että pysyy sisältäpäin lämpöisenä. Eikö tuollaiseen voisi puuttua jo terveydenhoitajakin.

Silloin kun minä olin nuori, niin joka penni laitettiin säästöön pahan päivän varalle. Palkka saatiin isännältä kerran kuussa vahantuoksuisessa salissa, jonka kattovalaisimet riippuivat taivaassa. Huoneen perällä olevia palmuruukkuja olin nähnyt koulukirjojen sivuilla.

Nahalta tuoksuvan pöydän eteen mentiin vuorotellen. Mietin joka kerta huoneeseen astuessani, mistä nahan tuoksu tuli. Valtavan kokoinen pöytä oli puuta, en koskenut sitä, mutta se muistutti puuta, se oli tuotu Afrikasta. Isäntä oli uponnut nojatuolin syövereihin ja joskus muistan pelänneeni, että juuri kun hän ojentaa minulle tärkeää kirjekuorta, se uppoaa pehmusteisiin vieden kuoreni mennessään.

Piiat niiasivat ja rengit kumarsivat. Isäntä oli rento mies, hymyili nuorille vastaan kävellessään. Sitä kunnioitti niin, ettei tiennyt saiko hymyillä takaisin vai pitikö vaan tyytyä vakavalla naamalla niiaamaan. Päätimme likkojen kanssa ettemme hymyile, ettei se vaan olisi vaikuttanut epäkohteliaalta. Emme hymyilleet silloinkaan, kun se sanoi kerran meitä liian vakaviksi ja antoi ymmärtää, ettei pieni hymy silloin tällöin olisi pahitteeksi pihatiellä vastaan tullessa.

Talon mailla oli yhdeksän torppaa ja töitä riitti aamusta iltaan. Peltoa oli 84 hehtaaria ja lypsykarjaa parhaimmillaan 86 päätä. Silloin ei ollut aikaa mitättömyyksiin tai tarvetta tuhlata turhuuksiin. Niillä säästöillä minä aikoinaan ostin pienen mökin, jossa sain asua siihen asti kunnes pääsin tänne palvelustaloon.

Hyvä elämä minulla on ollut, kun olen saanut terveenä elää, omillani toimeen tullut. Ei ole tarvinnut lainarahoilla liioin ostoksia maksaa. Mökkiäni varten jouduin anomaan Lahden Pankista lainaa, mutta senkin maksoin muutamassa vuodessa takaisin. Nuukasti olen elänyt ja omillani toimeen tullut ja siksi en voi ymmärtää nykyajan ihmisiä, jotka tekevät velkaa ostaakseen hömpötyksiä joista eivät onnellisemmaksi tule.

Ihmisille ei riitä terveenä pysyminen, lapsille majan rakennustalkoot. Jos käveleminen kevääseen heräävässä metsässä ei olekaan enää yhtä tavoiteltavaa, kuin uudessa autossa ajaminen valtateillä. Minulle on riittänyt pieni elämä, sellainen tekemisen ilo ja kokemukset, jotka eivät ole vaatineet rahaa. Sellainen elämä on kantanut pidemmälle ja juuri sen vuoksi minä olen kiitollinen tästä hetkestä. Saan maata tässä vuoteessani ilman sen kummempia vouhotuksia ympärilläni.

Tuntui olevan hoitajilla ylimääräistä rahaa kaikilla, kun näin Kaisan sormessa kihlasormuksen. Valkokultaa ja timantteja kahdessa rivissä. Kuinka Heikilläkin oli varaa. Jos sekin on ostettu sellaisilla puoli-ilmaisilla osilla.

Olivat menneet Kanarian matkalla naimisiin, Kaisa ja Heikki. Oli muitakin uutisia. Ei siitä minulle

suoraan puhuttu, mutta kun Kaisa tilasi huoneestani
aikaa lastenneuvolaan niin tiesin mistä oli kyse. Kyl-
lähän minä Heikkiä ja Kaisaa yhteen olin suunnitel-
lut, mutta nyt oli ajatukseni saanut nuoret toimimaan
liian hätäisesti. Lapsen tuloa olisi saanut lykätä muu-
tamalla vuodella ja pikkuhiljaa tutustua toisiinsa. En
minä niitä kesähäitä tosissani suunnitellut, kunhan
omaksi ilokseni.

27

Huoneessa tilaa riittää yksin ollessa. Huone on kaksi kertaa isompi silloin. Seinästä seinään ja lattiasta kattoon näyttää matka loputtomalta. Uudesta vierustoverista ei ole puhuttu, ahdistavan vapauttava yksinelo jatkunee.

Ikkunan edusta on tyhjä ja parkkipaikan takana vehreä seinämä jatkuu. Kyllä minä metsän näen valoisalla ja salamaniskut hämärässä. Sateen ja auringon sen jälkeen. Sen minä näen hyvin, mutta en minä näe kirjoitusta jalkopäässä kaappien ovissa. En sitäkään mitä lukee yöpöydän etuosassa. Tiedänhän minä, että siinä lukee minun nimeni ja vuoteeni numero.

Sijaisten tuodessa puhtaita vaatteita aloittavat ovien aukaisun väärästä päästä, viimeisessä on minun vaatteeni. Pääsisivät helpommalla kun lukisivat ovesta nimen ja numeron. Vakituiset hoitajat muistavat missä minun vaatteeni ovat, vaikka joskus kiireissään laittoivat minun ja Tyynen vaatteita toistemme kaappeihin. Huvittuneena seurasin hoitajan ottaessa Tyynen kaapista minulle kuuluvan nappipaidan yrittäen pukea sitä Tyynen päälle. Mutisi venyttäessään pientä paitaa puolta suuremman ylle. Sitten tajusi katsoa paidan kauluksesta kenen nimi siinä seisoi ja vei kiireesti kaappiini. Jos jostain kunniamitalin hoitajat ansaitsevat, niin yrittämisestä silloin, kun kyseessä on pari numeroa liian pieni paita päälle

puettavana. Kyllä siinä on hiki virrannut ennen kuin
kinttana kolttu on potilaalla päällä. Enkä puhu pel-
kästään itsestäni. Ne venyttävät paidan kaulusta, lait-
tavat ensin toista kättä ja sitten toista. Sanovat "kipeä
käsi ensin" ja sitten verhoilevat terveen puolen. Jos
sattuu olemaan molemmat puolet kipeät, niin siinä
sitä venymistä vaaditaan, hoitajalta kuin vaatteelta-
kin.

Nojatuolin sain pitää. Se oli tullut minulle rak-
kaaksi. Tuoli, joka oli odottamatta minun tuolini.
Siinä voisi istua joku sellainen, joka kävi täällä har-
vemmin. Vaikka joku kuuluisuus, vaikka kunnanjoh-
taja. Sellainen henkilö, jolla piti olla rahvasta vah-
vempi alunen ahterinsa alla. Tavallinen penkki voisi
hajota painavaa asiaa puhuttaessa. Se olisi kauhean
noloa ja muistettaisiin pitkään.

Villi näky olisi jos Tyynen tuoliin istahtaisi joku
kunnanvaltuutetuista ja sillä olisi oikeaa asiaa mi-
nulle henkilökohtaisesti. Entä jos istumaan tulisi
maailmankuulu taiteilija. Mittailisi minua hetken ja
maalaisi kankaalle. Näkisikö edessään muuta kuin
makaavan vuodepotilaan, joka ei vastaisi taiteilijan
esittämiin kysymyksiin. Terttu olisi varmasti mukana
ja se voisi toimia tulkkina taiteilijan ja minun välillä.
Terttu kyllä tietää mitä ajattelen ja se voisi kertoa sen
taiteilijalle. Kyllä minä sille luvan muotokuvan maa-
laamiseen antaisin enkä siitä palkkiota odottaisi. Sen
verran kyllä, että tarjoaisi hoitajille kiitoskahvit kun
olin sille mallina ja pysyin liikkumattomana koko
maalaamisen ajan. Taiteilijana oleminen on varmasti

raskasta, kun kaikki odottavat uuden taideteoksen valmistumista. Kiireessä siitä ei tule mitään ja keskeneräisiä töitä ei kukaan osta.

Savimassan muuttaminen koreaksi ruukuksi on aikaa vaativaa ja saapasrengin teko ainakin minun kohdallani päättyi verta vuotavaan peukaloon. Villasukkia ja lapasia kyllä kudoin. Joskus nuorena lauloin koulun kuorossa, mutta ei minusta oopperalaulajaa saanut. En kelvannut joulukuoroonkaan ellei yksi tytöistä olisi joutunut kitarisaleikkaukseen. Runoja minä kirjoitin, mutten kehdannut niitä koskaan muille esitellä. Olisivat nauraneet. Näytellä olisin halunnut, mutten koskaan päässyt näytelmäkerhon ulko-ovea pidemmälle. Ei minusta sellaiseen ollut. Minä olin ihan tavallinen enkä mikään taiteilijasielu. Onkohan olemassa paljon ihmisiä, jotka ovat tietämättään taiteilijoita. Ovat niin arkoja ja kriittisiä, että puuhastelevat omissa oloissaan piilottaen muilta kaikki taiteelliset lahjansa.

Yksi taiteenlaji on unohdettu kokonaan, sitä ei ole taiteeksi luokiteltu. Se on hoitotaidetta, hoitajien joka päivä aikaan saamaa taidonnäytettä.

Jos minun huoneeseeni tuotaisiin kuuluisan maalarin taulu, niin kävisivät kaikki huokailemassa ja signeerausta oikeaksi todistamassa, mutta kun Terttu laittaa minut nätiksi suihkun jälkeen, laskostaa peitot kauniisti ja tuo pöydälle ojan pientareelta kevään ensimmäisiä valkovuokkoja, niin sitä ei kukaan käy ihailemassa. Se on taidetta parhaimmillaan. Saattaa olla ettei ulkopuolista taiteilijaa täällä näy koskaan ja kelpaahan tuoli ihan tavallisellekin vieraalle. Ylihoitaja Lehtoselle oikein hyvin. Voisi tulla siihen joku ehtoo istumaan jos tietäisi tuolin jääneen tänne. Täytyy saada Ylihoitaja Lehtoselle sana, jotta tuoli olisi nyt vapaana eikä siihen ole miltään taholta tunkua.

Pitäisiköhän minun olla riemuissani ikkunassa edelleen roikkuvista kukkaverhoista. Kaisa oli fiksuna tyttönä laittanut verhojen keskelle nyöristä rusetin ja vetänyt niistä verhot ikkunan puitteisiin nastalla kiinni. Ajattelin mielessäni ettei yhtään nastaa sitten tiputa huoneeni lattialle kun ne jäävät jalanpohjiin aiheuttaen turhaa kipua. Hoitajilla on hyvät kengät, mutta terapiaeläimillä on pehmoiset tassut. Eikä eläimet osaa kertoa, jos menee nasta tassun pohjaan.

En yhtään tykkää nastoista. Kaisa harrastaa nastoja laittaessaan seinille jotain. Vuoteeni takaseinä on niin kovaa ainetta, ettei se saa sinne nastaa uppoamaan ja tippumaan vuoteeseeni. Huoneen etuosassa on puuseinä ja sinne se on laittanut nastoilla kuviaan.

Kaisa on kertonut, ettei pidä kotona verhoja ikkunoissa. Aika ihmeellistä, vaikka mitä se minulle kuuluu kuka ikkunoissa mitäkin pitää. Omassa kodissani oli aina verhot, jotka itse ompelin. Minun verhoissani oli värejä. Voi kuinka rakastinkaan niitä värejä verhoissa ja räsymatoissa. Minun kotona oli värejä enemmän kuin maalikaupan värikartassa tai sadassa tällaisessa palvelustalossa. Täällä ei ole osattu väreillä pelata, pelkkää valkoista ja harmaata joka paikka täynnä. Kallispalkkaiset sisustusarkkitehdit ovat palvelustalot suunnitelleet värejä myöten eikä hoitajat voi sanoa siihen mitään. Tai vaikka minä tai Kalle ja voisihan Amalialtakin kysyä mielipidettä. Mistä minä tiedän, vaikka valkoinen maali olisi halvempaa, kuin punainen tai turkoosi. Täälläkin on niin paljon seiniä ollut maalattavana, että halvimman mukaan on pitänyt valita. Olisivat saaneet silti yhden poikkeuksen tehdä ja maalata huoneeni sivuseinän väriliseksi tai muistuttamaan kesäistä niittyä. Olisiko yhden seinän poikkeus maksanut liian paljon vai eikö se maalari osannut kuin yhdellä värillä maalata. Voihan olla, että nämä huoneet on maalannut maalarin oppipoika ja ei niin nuorelta voi vaatia pellonlaitaa ja kukkaniittyä seinän täydeltä. Eihän se kaupunkilaispoikana ole välttämättä edes nähnyt kukkaketoja. Hyvä kun on saanut näinkin tasaisesti maalattua.

28.

Kaisan omapotilas oli kuollut, mutta Kaisan tahtia se ei hidastanut. Se tuli viereeni tuijottamaan pitkäksi aikaa ja luulin sen porautuvan pääni sisälle. Tuijotti minua puhumatta mitään. Ihmettelin, mitä se noin tarkkaan hakee, mitä minussa nyt oli vikana, että piti tuijottamalla tuijottaa. Tunsin itseni pieneksi, oliko Kaisalla kaikki hyvin. Kaisa pyysi räpäyttämään silmiäni, jos kuulisin hänen puheensa. Pidin silmäni kiinni, puristin tiukasti yhteen ja pelkäsin silmäluomeni väsyvän ja antavan periksi. Kaisa toisti kysymyksen. En halunnut paljastaa Kaisalle kuulevani.

Kaisa otti vuodesuojan vasemmasta reunasta kiinni ja veti itseään kohti. Kellahdin selälleni. Kaisa laittoi asentoni hyvään malliin ja tuki koukistuneet polvet tyynyllä, pöyhi päänalusen ja laittoi peiton nätisti.

"Kuuletko, näetkö minut?"

Tuijotin vaatekaapin ovia enkä liikuttanut katsettani piirun vertaa. Varoin etten vahingossakaan liikauttaisi silmiäni Kaisan suuntaan, vaikka kiusaus oli suuri. Olisi tehnyt mieli vilkaista mitä se Kaisa oikein ajaa takaa. Kohta kysyy pystynkö juoksemaan ja laulamaan. Silloin minun tekisi mieleni kovasti räpsytellä ja tuijottaa Kaisaa takaisin ja antaa sille kunnolla mietittävää.

Aikansa häärättyään Kaisa poistui ja henkäisin. Mikä tuota likkaa vaivasi, mikä tarve sille oli tullut selvittää minun taitamiseni. Enhän minä ollut sille mikään muita ihmeellisempi. Tertulle minä siristän silmäni ja katson pyydettäessä, mutta en minä muille viitsi, ainakaan mielelläni. Minulle jäi kiukku Kaisan moisesta tuijottamisesta ja minä en yleensä pienistä piittaa. Yrittääköhän Kaisa omia minut Tertulta? Jos Kaisa kiertää valitsemassa uutta omapotilasta menettäessään Tyynen. Miksi se tästä huoneesta haluaa potilaan vai määrääkö ylihoitaja Lehtonen potilaat vuodepaikkojen mukaan. Eihän minua voi kesken kaiken luovuttaa toiselle. Minä kuulun Tertulle ja tyhjä vuode huoneessani odottaa uutta potilasta, joka kuuluu Kaisalle. Niin se on ennenkin mennyt. Onhan se noloa, kun nuori nätti hoitaja menettää potilaitaan tuolla lailla. Säälikin se tavallaan on jos yhden hoitajan potilaat lakoo, kuin viljankorret sateessa. Mutta ei se meidän eloonjääneiden vika ole.

Hormoonitko Kaisan sekavaksi saivat pieniin päin ollessaan. Sen vuoksi monet tulevat niin ylihuolehtivaisiksi ja herkiksi. Niin kävi kummitädillekin aikoinaan, kun vanhalla iällä lapsen sai. Kummisetäni, jota lapsen isäksi väitettiin, oli kuollut pari vuotta ennen lapsen syntymää. Se oli perhepiirissä arkaluontoinen asia ja siitä ei puhuttu. Äitini sanoi, että lapsi oli taivaan lahja Eeva-tädille ja minä uskoin silloin. Uskoin, että taivas lahjoitti mukulan korvaukseksi aviomiehestä. Niin huutavaa lasta en ole sen jälkeen tavannut ja tänä päivänäkin vielä epäilen, että halusivatkin vaan päästä siitä tenavasta eroon ja lähettivät tänne maan päälle muka vastalahjaksi saamastaan miehestä.

29.

Ensin tuli nainen punaisessa tunikassa ja sitten tuli mies päällään musta puku ja se mies näytti herrakansalta. Naisen päälaella hulmusi ja naamavärkki muistutti kana kirjavaista. Korkojen narina ympäröi huoneen, mutta miehen kengät olivat hiljaa. Mies kiersi kerran huoneen ympäri ja istahti Tyynen tuoliin. Nainen seisoi ikkunan edessä ja katseli minun kukkaverhoja. Katsoi sitten Terttua, joka seisoi huoneen ovella. Kysyi Tertulta saako tänne tuoda omia huonekaluja ja omat verhot.

Ei tietenkään saa tuoda toisen kotiin mitään! Minullahan on jo verhot ja huonekaluiksi riittää tuoli, pari yöpöytää ja hyllyt seinillä. Terttu sanoi että saa tuoda, vaikka tiesin mitä Terttu ajatteli. Se ajatteli sitä, että jos pieniin huoneisiin tuodaan paljon huonekaluja, niin hoitajat ja potilaat eivät itse mahdu enää sekaan. Siivoojankin pitäisi päästä nurkkiin. Pyörätuolit ja kävelytelineet ei mahdu huoneeseen ja niitä säilytetään käytävillä. Sitten kaupungin palotarkastaja antaa huutia ylihoitaja Lehtoselle, kun käytävät ovat täynnä rojua. Silti niille sanotaan: "saa tuoda omia" ja toisilla menee yli äyräitten se tuominen.

Nainen kulki huoneessa, kurkki kaappeihin ja veti tyhjän vessan. Tuli vuoteeni viereen ja kysyi Tertulta kuorsaanko minä. Suljin silmäni ettei se huomannut pörhistelynsä huvittavan minua. Heidän mammansa ei saa nukuttua, jos joku kuorsaa samassa huoneessa. Jäin odottamaan Tertun vastausta, koska tuota en ollut koskaan aiemmin huomannut miettiä. Kuorsaanko minä ja jos minä kuorsaan, niin silloin minä en olisi täysin äänetön. Terttu pudisti päätään. En siis kuorsannut. Hyvä niin ja toivottavasti ei hienon naisen mammakaan kuorsannut.

Ei näitä huoneita tyhjillään voinut pitää. Tulee kalliiksi, jos ei ole joku makaamassa. Luulisi näihin tulijoita olevan jonoksi asti. Sitten kun kotonaan eivät enää pärjää ja karkaavat pakkaseen löytämättä itse kotiin takaisin. Niistä oli uutisringissä joskus kerrottu.

Nainen suki tukkaansa peilin edessä ja sipaisi karmivaa huuliinsa. Mies ei uskaltanut sanoa, ettei laittaisi enempää, vaikka huomasin heti katseesta ettei tykännyt räikeäksi maalatuista huulista. Olikohan mies sellainen tohvelisankari, taisi olla, kun oli hiljaa ja antoi naisten hoitaa puhumisen. Harmi, sillä mies näytti kuitenkin fiksulta ja olisi varmasti päässyt pidemmälle elämässään, jos ei olisi ottanut vaimokseen tuollaista naista. Miehellä oli paljon kestämistä, kun oli haksahtanut alati kalkattavaan naiseen. Eipä siinä miehellä mitään sanottavaa ole ollut, nainenhan on selvästi vienyt miestä kuin pässiä narussa ensitapaamisesta alkaen. Kuulee jo naisen äänestä, että miesrukka on ihan huutolaispojan asemassa kodissaan. Voi tuota miestä, olisi vähän edes koittanut pyristellä aikoinaan vastaan. Nyt sitten maksaa omasta saamattomuudestaan kallista hintaa.

Kyllä sitä aina yhden mamman tervetulleeksi toivottaa, mutta kun kaupan päälle tulee kaikkitietävät omaiset. Joidenkin kanssa hoitajilla ei vaan aina puheet sovi yksiin, vaikka hoitaja olisi kuinka mielin kielin. Sellaistakin olen kuullut, että joitakin omaisia pelkäävät arvaamattoman käytöksen vuoksi. Se on kamala ajatus ja varmasti rankkaa hoitajille. Välillä on ollut vaarilla väärät kalsarit ja mummolla naapurin nuttu. Vahinkoja kaikki tyynni. Muistan vuosien takaa tapauksen Charlotta rouvasta, joka ei voinut sietää suussaan toisten hampaita. Niin hän nimitti tekohampaita. Omia hänellä ei ollut, mutta se ei Charlottaa harmittanut. Hoitajilla sen sijaan oli jatkuva stressi siitä, jos hampaat eivät aamulla löytyneet vesilasista. Tytär vaati, että hampaat piti olla suussa aamusta iltaan halusi äiti tai ei. Hoitajien piti puoliväkisin suuhun niitä työntää, kun pelkäsivät tyttären kohtausta. Ei siinä auttanut ylihoitaja Lehtosen tyynnyttely, ei lääkärin puhuttelu. Tytär oli sitä mieltä, että hampaat kuuluivat äidin suuhun ja jos ne eivät siellä olleet niin tekisi valituksen huonosta hoidosta ylemmälle taholle. Sellaista sain todistaa, kun vielä istuin päiväsalissa, osa olisi saanut jäädä todistamatta.

Minun lapsuudessa opetettiin ettei kenellekään saanut sanoa pahasti eikä ketään tieten tahtoen loukata. Ei korottaa ääntä turhan päiten saati nostaa kättä toista vastaan. Täällä olen nähnyt sellaista. Sellaisia on, jotka luulevat, että heidän vanhempiaan hoidetaan muita paremmin, jos hoitajille välillä huutaa.

Täällä asui kerran Kirsti, nyt kuollut, mutta eläessään mukava. Se oli auringonpaiste päiväsalissa, kaikkeen tyytyväinen. Sen tytär oli kuin myrskynmerkki ja jätti jälkeensä mustan pilven, pahoitti hoitajien mielen ja Kirstinkin, äitinsä. Kirsti oli aina tyttären lähdettyä alamaissa ja minusta joskus tuntui, että se häpesi omaa lastaan. Niin mukava ihminen kuin Kirsti oli, ei millään ansainnut niin huonokäytöksistä tytärtä. Olikohan sillä tyttärellä elämässään asiat niin huonolla tolalla, että tänne palvelustaloon tullessaan ei enää pystynyt pidättämään pahaa oloa ja purki sen hoitajiin ja vanhaan ihmiseen. En ymmärrä kaikkia ihmisiä, vaikka olen yrittänyt. Ei luulisi että oman äidin tai isän hoitajalle olisi vihamielinen, pikemminkin tuntisi kiitollisuutta. Haluaisi olla ystävällinen ja sovussa. Vähän edes ymmärtää, ettei sairaista huolehtiminen aina helppoa ollut, vaikka siltä saattoi ulkopuolisesta näyttää päiväkahviaikaan pikaisesti piipahtaessa.

Minä tiesin mitä se oli pahimmillaan ja parhaimmillaan. Olin paraatipaikalla asian suhteen.

Pariskunta ei huolinut huonetta, hienojen ihmisten mammat eivät jaa huonetta toisten kanssa. Yksin eloni jatkui ja sain nauttia hoitajien jakamattomasta huomiosta. Ties vaikka mamma olisi kuorsannut. En muista kuorsasiko Tyyne.

30

Paattisten Pikkusiskot tulivat vierailulle. Amalia istui jännittyneenä pyörätuolissaan ja kai muutkin jännitimme tulijoita. Pikkusiskot rynnistivät saliin. Ei ne ihmislapsia olleet, jos joku luuli nimen kuullessaan. Ehei, ne olivat pieniä koiranpenikoita. Paattisten Pikkusiskot oli kenneli, jossa koiria oli kauheat määrät. Mustia, valkoisia ja mustavalkoisia karvapallukoita ees taas salin lattialla. Pienikokoisia, lienee pentuja.

Nelistivät sinne tänne kuonojen nuohotessa lattiaa. Jotkut yrittivät näykkiä vastassa olevia aamutossuja ja jotkut pennuista aivastelivat hajujen sekamelskassa. Vitivalkoinen koiranpenikka hyppäsi Kallen viereen sohvalle. Juuri kun Kalle oli saamassa pennusta kiinni, se hyppäsi takaisin lattialle. Amalia kaikessa notkeudessaan ylettyi hipaisemaan ohi viliseviä selkämyksiä. Kaisa nosti yhden pennuista viereeni ja mietin sen kiharaista turkkia. Se tuntuisi varmasti höyhenen hentoiselta sormieni välissä hännäntöpöstä korvahaituviin asti. Ja pentu tykkäisi minun käteni lämmöstä. Se varmasti luulisi olevansa oman emonsa paijattavana.

Tämä oli sitä yhdenlaista terapiaa. Kävivät vierailemassa maakunnan palvelutaloissa ilahduttamassa vaivasia. Oli olemassa terapiapossuja, terapiakissoja ja alpakoita. Radiossa on puhuttu, että huono voi tulla paremmaksi, jos saa terapiahoitoa eläimeltä. Se on todistettu. Hoitajat olivat yhtä myytyjä pennuille kuin potilaatkin enkä yhtään ihmettele, vaikka Leena olisi yhden niistä ostanutkin. Heikki oli ainoa jota ei koskaan vierailupäivänä näkynyt. Siihen oli syynä allergia. Silloin oli syytä pysyä omalla puolellaan alakerrassa.

Silloin kun minä olin lapsi, niin silloin oli eläimiä joka talossa. Porsaita ja kanoja, hevosia ja lehmiä. Silloin käytiin eläinten luona monta kertaa päivässä ja siinä tuli terapiaa huomaamatta. Ei silloin tullut mieleenkään tuoda sianpoikasta tupaan terapiaa jakamaan. Olikohan ihmiset terveempiä ennen, kun oli jo tällainen nykyaikainen keksintö käytössä?

Olisi hieno näky, jos tuolla nurmikolla käyskentelisi pari hiehoa ja muutama kana. Lehmiä metsän laidassa. Olisi mielenkiintoisempaa seurattavaa, kuin tv.stä tulevat ohjelmat, jotka ovat nykyään kuulemma uusintoja. Eläinten seuraamisessa uusinnat eivät haittaisi. Voisiko yöhoitaja käydä lypsämässä lehmät aamulla ja keittiön väki keräisi kanamunat aamupöytään. Yöhoitaja ei ehkä kerkiäisi, mutta aamutuurin likoista voisi joku käydä ensitöikseen lypsämässä. Eihän siellä tarvitse kymmeniä lehmiä olla, pari riittäisi meidän talon tarpeisiin. Kotitalousopettaja voisi käydä neuvomassa hoitajille kuinka lypsetään. Muutama lammas olisi mukava määkimisen vuoksi, mutta siihen ylihoitaja Lehtonen tuskin suostuu. Jätän ne toivomatta.

Koiranpenikat eivät osanneet kauaa pidätellä pissojaan. Olivat siinä suhteessa meidän kanssamme samanlaisia. Jotain shipoja ne olivat ja kyllä sellainen shipa olisi kiva meidän palvelustalossa. Taitaisi tulla vaan liian paljon töitä hoitajille, jos täällä olisi eläimiä meidän potilaiden lisäksi. Aamu- ja iltalypsyt sun muut. Siinä olisi eläintarhaa kylliksi ja kohta terapiaa jonottaisi hoitajatkin.

31

Raukeus raajoissani, kippuraisessa ruumissani on levollinen olo ruokailun jälkeen. Kesätyttö toi lounaan tarjottimella, kertoi olevan lihaperunalaatikkoa ja kurkkua. Hilloakin oli. Kyllä se maistui lihalaatikolta, vaikka muussattuna maut menevät sekaisin.

Joillakin hoitajilla on tapana sekoittaa lautasella olevat ruokalajit yhdeksi. Ymmärrän, että hampaattomalle se on muussattava, tapettava ruoka lautasella uudestaan, mutta kun ne sotkevat valmiit muussitkin vielä keskenään. Onko siinä sellainen ajatus takana, että kun se pääruoka on kuumaa ja lisäke kylmää, niin keskiarvoksi saadaan sopivaa. Voihan ne ajatella ettei makaava katso lautasta, joten samahan se on millaiselta ruoka näyttää. Mikähän syy siihen on, että tämän päiväinen hillokin oli sotkettu lihalaatikon ja kurkun kanssa. Kun se hillo tuskin oli kuumaa sen enempää kuin kylmääkään. Joskus hoitajat kaatavat maitoa ruuan päälle ja vatkaavat pää höyryten, kuin kermaksi koittaisivat. Se vasta mainiolta maistuu tai oikeastaan ei maistu. Silloin on parempi kuin ei ruokalautasta näekään.

Toiset hoitajat näyttävät lautasen kertoen mitä tarjoilevat. Näyttävät läheltä ja voin vetää sieraimiini ruskean kastikkeen, kaalilaatikon ja syysmetsästä kerättyjen marjojen tuoksun. Kuinka korea värimaailma lautasella on saaden ruokahaluni heräämään. Syöttäessään voisivat kertoa mitä lusikassa kulloinkin on. Ei niin kuin lapsia narrataan: tulee pikkuauto ja villieläimiä. Tämän ikäinen tietää haluaako syödä ja minkä verran. Välillä maittaa paremmin ja välillä huonommin. Ei kukaan määräänsä enempää syö. Niin paitsi Kalle, jos antaisivat.

Kerran harjoittelija tuli ensimmäistä kertaa syöttämään. Hän yritti saada minua pysymään istuma-asennossa, mutta milläs koukussa olevat jalkani tottelivat. Kierähtelin puolelta toiselle, kunnes vanhempi hoitaja näytti miten tyynyjen avulla asentoni tuetaan. Vuoteen jalkapuolta nostetaan muutama sentti ja sängyn pääpuolelta enemmän. Käsivarteni vääntyvät suun eteen, niissä on sellainen vika etten voi suoristaa. Harjoittelijan epätoivoinen ilme kertoi paljon hänen yrittäessään vääntää käsiäni pois suun edestä. Vanhempi hoitaja näytti, kuinka käteni rentoutuvat ja asetti ne napakasti peiton alle. Niskani on jäykkä, leukani painuu rintaani vasten. Vanhempi hoitaja siirsi minua ylöspäin vuoteessa, poisti tyynyn pään takaa vapauttaen leukani ja suun syömiselle. Tässä vaiheessa oli jo nälkä. Hyvin harjoittelija pärjäsi ja sai minulta lisäpisteitä keskustelutaidoistaan. Kertoi niitä näitä lusikoidessaan soppaa suuhuni ja minäkin taisin tarinoita kuunnellessani syödä kaiken tarjotun, niin kuin hoitajilla on tapana sanoa raporttia antaessaan. Kesähelteellä siihen tulee jatkoksi: "juonut huonommin."

Varmaan siellä koulussa on yksi kurssi pelkästään juottamisesta. Kyllä hoitajat ovat mestareita siinä asiassa. Aamu alkaa juomisella, välillä pahan makuisella litkulla, jonka tarkoitus on pitää vatsa kunnossa. Sitten juodaan välijuomia ja aamupalajuomia. Lounasta ennen juodaan ja lounaalla. Sen jälkeen ja välissäkin, jos menee alas. Iltapäivällä saa olla hetken juomatta, kun on raportteja ja muita. Päivällisellä alkaa juomarinki. Ei ihme että vaippoja kuluu, vaikka ovatkin imeväisiä.

Pitää syödä, että jaksaa, Leenalla on tapana sanoa. Alkuun se ärsytti minua. Vuosien mittaan opin sietämään Leenan sanontaa ja söin minkä halusin, join minkä kykenin. Mitä tässä tarvitsi jaksaa. Maata paikallaan, vaan työstä sekin käy. Terveet valittavat kuinka tylsistyvät kipeinä ollessaan, kun eivät pääse vuoteesta mihinkään. Minä sentään makaan vuodesta toiseen, enkä valita. Parempi siis syödä, että jaksan jatkossakin.

32.

"Muistatko vielä, siitä on aikaa kun viimeksi nähtiin, kymmenen vuotta."

Ei näyttänyt tutulta. Hoitaja se ei ollut, kun jalassa oli farmarihousut ja norsunharmaa paita. Pitäisikö tuntea, en tunne, jotain tuttua äänessä kuitenkin oli. Oliko tämä edesmenneen siskoni tyttö, siskontyttöhän se veti tuolia viereeni. Takana seisoi muita, niitä en tuntenut. Nekään ei ollut henkilökuntaa, koska niiden päällä oli kauniit värit. Siskontyttö kysyi kuulumisiani vastaten niihin itse. Samanlainen oli kuin siskoni aikoinaan. Hänellä oli tapana vastata muidenkin puolesta ennen kuin toinen kerkisi suuta avata. Nyt se toimi hyvin, kun minulta vastaukset jäivät saamatta. Siskontyttö ja minä olimme aina olleet samaa mieltä asioista.

Silitti hiuksiani. Ei säälistä, se tiesi etten tarvinnut sääliä vuoteeseen. Se tekisi minusta surkean. Mieltä lämmitti pienet asiat. Se, että eläytyi puhuessa, heilutti käsiään, ilmehti kuin äitinsä. Siskon mielikuvitus oli ollut ilmiömäinen pienestä pitäen ja tarinan kerronnassa hän oli vertaansa vailla. Puhumaan oppimisen jälkeen se ei ollut suutaan sulkenut ja kynä oli sormien jatke. Isä kannusti siskoa kirjoittamaan tarinoita mustalla kirjoituskoneella. Minä en saanut koskea koneeseen, mutta sain joskus katsoa vierestä, kun sisko kirjoitti mutisten. Se oli joskus transsissa eikä nähnyt muita. Yksin ollessani kävin nostamassa liinaa kirjoituskoneen päältä. Continental Silenta. Se oli varmasti kallis kone, koska sillä oli hieno nimi.

"Pysy totuudessa, tarinankertojat ovat erikseen", sanoi isä meille, jos päästelimme palturia. Isälle ei kannattanut valehdella, se huomasi heti. Siitä syystä sisko varmaan aloitti kirjoittamisen, sai keksiä omiaan luvan kanssa. Kirjoitti viimeiseen asti ja viimeiset sanat saneli tyttärelleen, joka kirjoitti ne ylös nykyaikaisella Olivetillaan. Ne minä muistan.

Kirjoituskoneiden nimet minä muistan ja siskon kirjoittaman tarinan talvisodan ihmeestä. Se on tallessa päiväkirjan välissä. Sen minä muistan, mutta tarinan yksityiskohdat vain silloin, kun Tertulla on aikaa lukea. Silloin muistan kuinka se menee, muina aikoina vain sen, että se on laatikossa. Joka kerta kun Terttu lopettaa lukemisen, se lähtee huoneesta sanomatta sanaakaan. Ehkä siskon tarina herättää muistoja Tertussa tai sitten sisko on vaan onnistunut kirjoittamaan niin hyvin, että se koskettaa Terttua. Siskontyttö oli tullut minua katsomaan kahden lapsensa kanssa, poika oli tämän kevään ylioppilas. Kauniita lapsia, sukunsa näköisiä, äidin suvun. Olihan niissä vähän isänkin näköä, vaikka en niiden isän näköä muistanut. Eikös niissä pruukaa olla molempien näköä. Hitusen, sen verran, että naapurin mummot saavat sanoa: "isänsä nenä, äitinsä hymy". Vaikkei ne naapurin mummot aina tienneet kuka kenenkin isä oli.

Olihan heille tapahtunut kaikenlaista, vaan ei mitään pahoja. Asuivat Punkalaitumella samass talossa, jonka ullakolla minun liinavaatekaappi ja lamppupöytäni oli. Tehkööt niillä minun jälkeeni mitä lystäävät, kunhan pitävät tallessa kuolemaani asti.

Pitkästä aikaa tunsin kuuluvani johonkin. Perheeseen, jonka historia oli minun ja jonka juuret olivat minun juuriani. Minun verisiteeni, minun muistoni olivat olemassa.

Palvelustalo ei koskaan voinut tarjota yhteenkuuluvuuden tunnetta kenellekään, vaikka olisi kuinka hyviä hoitajia, omia hoitajia. Kyllä ihminen tarvitsee aika-ajoin pienen muistutuksen siitä, että on ollut aiemminkin, jossain muualla. On elänyt ennenkin, suoriutunut askareista, ollut osa jotain suurta ja merkittävää. Olisi hienoa, jos minut muistettaisiin ajasta jolloin olin vielä mukana kaikessa. Minun sanani muistettaisiin ja minun ohjeeni siskontyttärelle siirtyisivät hänen lapsilleen ja heidän lapsilleen.

Minulla ei ole enää sanoja, vaikka sanottavaa olisi jäljellä. Nuorena puhuin paljon. Ehkä ihmisellä on elämässään sanakiintiö, johon kuuluu määrätty määrä sanoja. Joidenkin kiintiö tulee täyteen toisia aiemmin. Jos minun ja siskon kiintiö olikin yhteinen ja siskolikka kirjoitti sanoista suurimman osan. Eihän sillä väliä ole, jos on kerinnyt asiansa sanomaan eikä kielen päälle jäänyt roikkumaan. Toisaikaisten asioiden takia ei kannata suutaan piestä, ei ne asiat puhumalla loppuneet. Isällä oli tapana lausua runo meitä yöunille laittaessaan:

"Kuunnellaan hiljaisuutta, yön tyyneyttä,
sulje suu sanoilta, ajatusten anna virrata,
unimaailmaan lipua, unen laaksoon vaipua."

Olin lunastanut lippuni unimaailmaan, jossa ajatuk-
seni virtasivat vapaina, unen ja valveen maailmassa.
Hyvässä ja pahassa.

Kuolema korjaa satoa toistamiseen tällä viikolla. Ve-
tävät lippua ylös tangossa ja illalla alas. Hoitajia on
kaksi, joskus kolmekin. Yksi pitää lippua käsivarsil-
laan ja yksi vetelee valkeita nyörejä. Pakkasella tuti-
sevat, kun eivät älyä vetää takkia niskaansa. Jos jät-
tävät lipun ylös salkoon on juhlapäivä ja jos laskevat
puoleen tankoon on joku meistä kuollut.
     Ne eivät kerro mitään. Sitä kuka on kuollut ja mistä
huoneesta. Hoitajat hakevat muistotilaisuuteen vä-
lillä vain vierustoverit ja tutuksi tulleet juttukaverit.
Minulla kun ei ole vierustoveria, niin ei hakeneet. En
minä tiedä, vaikka olisi sittenkin joku tuttu kuollut,
vaikka Amalia kammennut itsensä vuoteesta kivi-
lattialle. Jäänyt makaamaan pahaan asentoon ja yö-
perhonen löytänyt hengettömänä. Ei se Amalia ole
voinut olla, jos olivat saaneet sen niihin magneet-
teihin. Jos kuollut olikin Helga. Jos se oli veisannut
viimeisen virtensä ja makasi kuolonkankeana kylän
ruumishuoneella ja en osannut surra.
     Voihan olla toiselta osastolta. Jos tietäisin nimen,
niin voisin olla tuntevinani ja ottaa osaa suruun. Kal-
lekaan se ei voinut olla, koska sillä oli aika varattuna

ensiviikolla kuntoutuslaitokseen. 94-vuotias mies joka pääsi sotavammaisille tarkoitettuun kuntoutukseen. Salissa maatessani kuuntelin Kallen kehumista siitä, kuinka hän tulee parempaan kuntoon lääkäri Haapaisen vastaanotolla. Haapainen oli 70-luvulla leikannut Kallen vasemman polven ja nyt kun polvi temppuili, niin Kalle kuvittelee lääkäri Haapaisen saavan sen parannettua. Minä tiedän mitä kuntoutuksessa tehdään. Ne jumppaavat ja uittavat altaassa. Hierovat kroppaan laventelin tuoksuista öljyä. Olihan siellä kivat hoitajat, mutta ei ne leikkaamaan ala. Eikä Kallen polvi parane, vaikka itse siinä luulossa onkin. Mahtaako lääkäri Haapainen olla työssä enää ollenkaan. Sehän voi olla eläkkeellä ja vaikka polvivammainen itsekin eikä jaksa seistä leikkauspöydän ääressä. Ties vaikka olisi kuollut lääkäri Haapainen kun kuolema korjaa satoa nyt meidän rahvaittenkin joukossa. Miksei sinne yksi Haapainenkin mahtuisi joukkoon.

Talvisodan ihme

Pitkään, liki maahan asti ulottuvaan mekkoon pukeutunut juuri yhdeksän vuotta täyttänyt ponihäntäinen tyttö asteli vakain askelin pihan poikki kohti tupaa.

Elettiin joulunalusaikaa vuonna 1939. Hänen saapikkaansa jättivät pienet hentoiset jäljet lumen peittämälle pihapolulle. Hän tiesi hyvin tarkkaan, että tuvassa häntä odottaisivat tutuksi käyneet kotityöt. Askareet, jotka olivat lisääntyneet viimeaikoina huomattavasti, hänen isänsä ja kaksi vanhempaa veljeään olivat joutuneet lähtemään sotaan.

Askareet, joiden hoitaminen piti kiinni turvallisesti arkielämässä ja vei ikävät ajatukset pois sodan tuomasta pelon tunteesta ja siitä kauhistuttavasta tietoisuudesta, ettei ehkä koskaan näkisi rakkaita veljiään ja isäänsä.

Kukaan ei ollut kertonut hänelle sodasta mitään, mutta nyt hän oli ruvennut seuraamaan päivän lehtiä. Hän oli tarkasti lukenut joka ainoan sanan sen jälkeen, kun ensimmäiset uutiset levisivät koko maahan kertoen venäläisten pommikoneiden pommituksista Helsingissä ja Viipurissa. Siitä päivästä oli alkanut sota, jota nimitettiin talvisodaksi. Sen alkamista olivat edeltäneet Mainilassa tapahtuneet laukaukset. Tyttö ei tarkalleen tiennyt, mitä niillä tarkoitettiin, mutta hän oli lukenut niistä toissa päiväisestä lehdestä ja tiesi, että kaikki oli muuttuva tästä eteenpäin.

”Elsa, Elsa!” Tyttö kuuli äidin huutavan. Hän lähti kiiruhtamaan kohti ulko-ovea, jossa näki äitinsä huhuilevan. Tyttö sujahti lämpöiseen tupaan heilauttaen samalla vaaleat hiuksensa pois pakkasen punoittavilta kasvoiltaan. Rennosti hän heitti ulsterinsa kyökin penkille. Hän näki isosiskonsa Ainon istumassa pöydän ääressä ja isoäiti istui tuttuun tapaan keinutuolissa ja hyräili jotain Elsalle tuntematonta sävelmää. Elsa ei voinut olla huomaamatta, että hänen sisarellaan ei ollut kaikki hyvin. Elsa siirtyi puupenkille sisarensa viereen.

”Mikä sinulla on?” Elsa kysyi huolestuneena ja pelkäsi jotain ikävää tapahtuneen. Äiti ryhtyi puhumaan ja Elsa ei voinut muuta kuin nyökytellä.

”Äiti, mikä se Lotta oikein on?” Eihän Ainon nimi ole mikään Lotta. Miten hän voi yhtäkkiä ruveta sellaiseksi?”

”Voi kulta-pieni. Lotat ovat ihmisiä, jotka auttavat sotarintamalla haavoittuneita ihmisiä. Sisaresi on lähdettävä mukaan auttamaan, koska hoitajista on pulaa kenttäsairaaloissa.”

Elsa katsoi sisartaan surullinen ilme sievillä kasvoillaan. ”Tulethan sinä varmasti takaisin, lupaa että tulet!”

”Tietysti, tulen heti, kun sota on päättynyt eikä apua enää tarvita. Me kaikki toivomme, että näemme pian. Kaikki toivovat vain, että tämä sota olisi pian ohi. Emmekö toivokin rakas pikkusisko?”

Elsa nyökkäsi hiljaa ja ripustautui tiukasti sisarensa kaulaan.

Päivä, jolloin Aino lähti, oli hyvin surullinen. Heti aamusta äiti oli saanut viestin, jossa kerrottiin Elsan isoveljen Emilin kuolleen nuoren venäläissotilaan luodista. Ainon tunnelmat lähtiessä olivat sanoin kuvaamattoman murheelliset. Äiti ja Elma-mummu surivat Emiliä niin paljon, että kotiaskareet tahtoivat heidän osaltaan jäädä usean päivän ajalta tekemät- tä. Mutta Elsan piti olla urhea, varsinkin nyt, kun Ainokin oli lähtenyt. Hän oli ainoa lapsi kotona ja yritti kaikin tavoin auttaa surun murtamia vanhuksia.

Viikot kuluivat, sota jatkui. Loppua tai minkäänlaista ratkaisua ei tuntunut syntyvän. Ainoltakin oli tullut joulukuussa kirje, jossa kertoi voivansa hyvin, mutta olevansa väsynyt ja kaipaavansa joka hetki kotiin. Elsaa se ei lohduttanut, koska niin kauan kuin sotaa käytiin ja omaiset olivat taisteluissa henkensä kaupalla, kaikki oli mahdollista.

Eräänä tuulisena ja pimeänä tammikuun iltana Elsa istui jälleen radion vieressä kuuntelemassa uutisia. Sieltä tuli jotain, joka sai ihmisten toivon heräämään pitkästä aikaa. Suomalaisten kerrottiin voittaneen suuren määrän venäläissotilaita vaikka suomalaisilla oli tuntuva alivoima. Uutisissa mainittiin myös Elsan isän nimi muutamien muiden urheiden miesten joukossa. Elsa ajatteli ylpeänä isäänsä rintamasotilaana.

Hän oli isästään ylpeämpi kuin koskaan aiemmin. Seuraavan päivän lehdessä oleva artikkeli oli saanut Elsan kuitenkin pelkäämään yhä enemmän, vaikka edellispäivän iltauutisissa oli puhuttu suomalaistaistelijoiden urheudesta. Suomalaisten alivoima oli nimittäin jopa 600 000 miestä, eikä kaikille ollut antaa edes aseita. Jälleen Elsan oli nukkumaan mennessä rukoiltava tavallista pidempi iltarukous isänsä ja sisariensa puolesta.

Sodan aikana Elsa kasvoi henkisesti. Isoäiti sairastui samaan aikaan vakavasti, kun kaikkien kyläläisten oli tarkoitus lähteä evakkoon. Neuvostoliittolaisilla ei näyttänyt olevan minkäänlaista suunnitelmaa perääntyä. Elsa, äiti ja Elma-mummu pakkasivat laukkunsa ja lähtivät naapurien hevosvaunujen kyydissä lähimpään turvapaikkaan. Se oli kahdenkymmenen kilometrin päässä oleva kyläkaupan maakellari, joka oli muutettu väestönsuojaksi. Kaikkia yli 17-vuotiaita naisia, joille ei oltu määrätty mitään avustustehtäviä sodan aikana pyydettiin oitis väestönsuojelutyöhön. Elsan äitikin joutui lähtemään ja jättämään Elsan ja isoäidin muiden hoiviin. Lehdessä oli ollut jo useamman *kerran isoja otsikoita, joissa pyydettiin kaikkia kansalaisia osallistumaan väestönsuojelutyöhön.*

Turvapaikassa oli nuoria samasta kyläkoulusta, jota Elsakin kävi. Heistä suurin osa oli vanhempia lapsia, vaikka joukkoon mahtui sylivauvojakin. Nuorin oli vasta kolmen kuukauden ikäinen Iivari, joka oli heidän kotikylän apteekkarin esikoispoika.

Niiden päivien aikana Elsa kävi heidän kanssaan pitkiä keskusteluja sodasta ja sen tuomista ajatuksista. Eräs tyttö kertoi menettäneen isänsä ja kaikki neljä veljeään venäläisten yllätyshyökkäyksessä. Elsan kävi tyttöä kovin sääliksi, vaikka tämä kertoikin asiansa kylmän rauhallisesti toisten kuunnellessa järkyttyneenä.

Eräänä helmikuisena pakkasiltana saatiin tietää, että Neuvostoliitto oli tehnyt suurhyökkäyksen Karjalan kannakselle. Sodan ratkaisu oli lähellä. Suomen voittomahdollisuudet alkoivat käydä vähiin. Viimeiseksi ratkaisuksi jäi antautuminen. Elsa oli todella tyytyväinen, että sota oli vihdoin loppumassa ja hän saisi nähdä taas rakkaansa. Lehdessä oli lukenut, että Suomelle oli luvattu apua Ranskalta ja Iso-Britannialta, mutta Suomi ei voinut ottaa apua vastaan, sillä apu ei olisi saapunut ajoissa. Suomalaisten oli antauduttava. Rauhansopimuksesta neuvoteltiin ja ehtojen todettiin olevan ankaria, mutta muuta ei ollut tehtävissä.

Elsa ei peitellyt tunteitaan ja riemuaan, kun sai kuulla sodan olevan ohi. Väestönsuojassa olevat ihmiset puhuivat siitä. Maaliskuun 13. 1940 oli solmittu rauhansopimus. Suomi oli joutunut alistumaan Neuvostoliiton rauhanehtoihin, vaikka isänmaamme kärsikin paljon vahinkoa.

Suomen oli luovutettava Karjalan kannas, Laatokan Karjala, Hanko, Viipuri, Suomenlahden saaret, Käkisalmi, Sortavala, Salla ja Kalasta- jasaarento. Suomalaisista lähes 430 000 menettivät kotinsa. Suurin osa heistä asui Karjalan alueella.

Päivällä Elsa lähti hakemaan postia kaupalta. Lehden tulo oli viimeaikoina myöhästynyt huonon sään takia. Normaalisti postimies ajoi pyörällä, mutta lumenpaljouden ja kovien pakkasten vuoksi se ei nyt onnistunut. Elsan tullessa takaisin väestönsuojaan hän alkoi ahnaasti lukea tekstiä ääneen muiden kuunnellessa. Sivuja oli paljon. Siinä kerrottiin nyt sodan kestäneen 105 vuorokautta, joka oli vastoin Neuvostoliiton odotuksia. He olivat odottaneet sodasta lyhyttä. Otsikkona lehdessä luki: Talvisodan ihme.

Sodan ihme oli lähinnä suomalaisten onnistuneet torjuntavoitot, jotka perustuivat mottitaktiikkaan, joka tarkoitti piiritystaktiikkaa. Apuna oli kuitenkin myös yhtenäinen puolustus ja tuttu maasto. Eniten apua Suomelle tarjosi Ruotsi, josta saapui jopa 10 000 vapaaehtoista sotilasta. Vaikka Elsalla oli ollut viimeisinä päivinä suojassa paljon tekemistä mm. väestönsuojan siisteyden ylläpitämisessä ja heikkojen auttamisessa, ei aika ollut kulunut niin kuin olisi toivonut.

Päivät, jolloin Elsa oli odottanut perheenjäseniään palaaviksi olivat tuntuneet ikuisuudelta. Myöhemmin, kun Elsa oli jo parantuneen Elma-mummun kanssa kotona hänen odotuksensa palkittiin. Maaliskuun aamuhämärissä saapui kotiin äiti Ainon kanssa. Elsa oli onnellinen, että sai heidät takaisin vihdoin viimein ja kunnossa. Ainon kertoessa tarinoita työstään kenttäsairaalassa, Elsa pystyi jotenkin kuvittelemaan rintaman tapahtumia.

"Nyt minusta tuntuu, kuin olisin itsekin ollut mukana siellä taistelukentillä asti."

Myöhään illalla, kun Elsa oli jo nukahtanut hän näki unta, että isä kutsui häntä. Isän ääni oli niin voimakas ja vaikuttava, että Elsa heräsi siihen. Ääni kuitenkin kutsui edelleen ja se ääni ei kuulunut unesta vaan tuvasta.

Elsa nousi jännittyneenä petistään, sipsutti läpi eteisen ja näki isänsä ja veljensä. Hän juoksi isän kaulaan ja rutisti kaikkien ikävöityjen kuukausien kaipauksella ja tunsi, että kaikki hänen rukouksensa oli kuultu. Hän oli jälleen maailman onnellisin pikkutyttö. Elsaa ei nukuttanut tämän jälkeen, joten hän jäi muun perheen kanssa kuuntelemaan, kuinka hänelle sodan rohkein mies kertoi päivistä, viikoista ja kuukausista, joista myöhemmin käytettiin nimitystä talvisodan ihme.

Elsa sulki silmänsä. Hän muisti kaiken kuin eilisen. Sodan alkaessa Elsa oli käynyt muiden nuorten kanssa kyläkoulua. Hän muisti selvästi, kuinka hälytyssireenit soivat ensimmäisen kerran ja opettaja lempeän tiukasti komensi lapsia menemään suorinta tietä kotiin. Elsa muisti, kuinka hän juoksi kunnes oli turvallisesti kotipihalla. Elsa huokaisi syvään ja sulki varovasti vanhan nahkaisen valokuva-albumin ja laittoi sen piirongin ylähyllylle.

Elsa asui kylällä mukavassa vanhustentalossa. Hän istahti keinutuoliinsa ja hyräili lapsena isoäidiltä oppimaansa sävelmää. Hän havahtui vasta, kun kuuli kopu-

tuksen ovelta ja sen takaa heleää, malttamatonta naurua. Elsa nousi hiljakseen ylös ja asteli ovelle.

Avatessaan oven hän näki neljä nappisilmää:

"Mummi mummi!" lapset huusivat ja hyppäsivät Elsan syliin, joka nauroi katsoessaan lapsenlapsiaan. Hän ei voinut kuvitellakaan mitä hän tekisi ilman heitä. Pitkän halauksen jälkeen lapset juoksivat pehmeälle sohvalle keinutuolia vastapäätä.

"Mummi, Elsa-mummi, kerro meille taas siitä sodasta!" Elsa huokaisi hymyillen, otti valokuva-albumin piirongin hyllyltä ja katsoi lapsenlapsiaan. He olivat kuulleet saman tarinan lukemattomia kertoja, mutta se jaksoi kiinnostaa heitä yhä uudestaan.

Elsa istui keinutuoliin, avasi kansion ja aloitti tarinansa.

33

Peijakkaan pahaääninen ja rivo suustaan voi olla vain ihminen. Sairas tai vanha, miksi pitää huutaa ja haukkua, sylkeä ja raapia. En ole enää yksin huoneessani ja sitä ei voi olla kuulematta. Huonetoverikseni tuotiin hullu nainen, joka huutaa koko ajan. Rääväsuuksi sen nimesin. Tuli varoittamatta lounaan jälkeen. Hoitajatkaan eivät tienneet sen tulosta ennen kuin se tuli. Petasivat sängyn kiireesti, juoksuttivat pyyhkeen ja hammasharjan vessan kaappiin. Laittoivat yöpöydälle nipun papereita ja tiheäpiikkisen kamman viereen. Kaisalle uusi omapotilas ja kuului marmattavan Heikille, ettei ollut järjen hiventä laittaa viikonloppua vasten uutta potilasta tulemaan. Viikonloppuna kun oli sijaisia ja vakituista henkilökuntaa vähemmän, vaikka sama määrä meitä täällä silloinkin makasi. Se on varmaan sitä säästämistä, vaikka tuskin yhden hoitajapahasen palkka herrojen päätä huimasi. Sunnuntaityöt olivat kuulemma niitä, joilla hoitajat elivät. Olivat onnellisia saadessaan olla töissä pyhäpäivisin, vaikka samaan aikaan surkuttelivat muun perheen kanssa ristiin meneviä vapaapäiviä. Kyllä niille erityiskorvaus kuuluukin, jos ovat joulun pyhät töissä ja joulua meille laittamassa. Niiden herrojen äitejä ja isiä hoivaamassa. Kyllä hoitajienkin lapset olisivat onnellisia jos äiti häärisi aattona keittiössä tai olisi uudenvuoden aattona lastensa kanssa ihailemassa ilotulitusraketteja torin laidalla.

Olisi perhe koossa ja lapsista kasvaisi kunnollisia, kun olisivat juhlapäivinä yhdessä perheen kesken. Oppisivat huomaamaan, kuinka tärkeää se ympärillä oleva perhe on. Onneksi hoitajat saavat verojen palautuksia palkkansa päälle. Leenakin saa toista tuhatta markkaa tänä vuonna ja muutkin kuulemma jonkin verran. Olikohan ylihoitaja Lehtonen liikaa ottanut niitä prosentteja palkasta.

Tämä uusi asukas osaakin olla pahapäinen. Kuinka aikuinen, vanhaksi elänyt naisihminen käyttäytyy noin huonosti. Silmäni nyrjäytin ja mieleni pahoitin joutuessani katsomaan sen touhuja. Se pystyy liikkumaan sängyssä hyvin, istuukin halutessaan.

Istumaan se haluaa silloin, kun hoitajat ovat muualla, mutta silloin se ei pääse itse. Se painaa punaista nappia kädessään olevasta rannekkeesta. Se painaa monta kertaa ja makaa paikallaan liikkumattomana. Hoitajan tullessa huoneeseen se väittää, ettei ole painanut. On se, minä näen! Välillä rääväsuu odottaa, että hoitaja lähtee. Sitten se painaa ranneketta uudestaan, katsoo minua. Rääväsuu huutaa kuin henkeä vietäisi ja kertoo haluavansa istumaan. Kun hoitajat lähtevät huoneesta se hyppää alas ja rollaattorilla könyää ikkunan eteen oikaisemaan suorassa olevia verhoja. Ei niihin tarvitse kenenkään koskea, ei varsinkaan rääväsuiden!

Heikki oli tuonut huoneeseeni istumavaakan. Tuoli, jonka selkäpuolella oleva mittari näytti siinä istuvan painon. Minut punnitaan vuodesängyssä, joka työnnetään leveän lattiavaakan päälle. Tuloksesta vähennetään vuodesängyn paino ja jäljelle jää minun paino. Terttu on kertonut, että painoa seurataan kaikilta. Varmaan sen vuoksi, että jos joku ei syö tarpeeksi, niin sille annetaan lisäruokaa. Jos joku syö taas niin kuin Kalle, niin siltä pitää pienentää annoksia. Tai sitten niille tilataan laihdutusruokia. En minä ole huomannut eroja ruoka-annoksissa jos olen salissa ollut. Kalle on saanut ihan samankokoisia annoksia, kuin Helgakin.

Rääväsuu oli katsonut otsa kurtussa vaakatuolia. Yrittänyt jalalla sysätä kauemmaksi, mutta ei yltänyt kuin hipaisemaan tuolin reunaa. Tulopaino, se piti ottaa heti ensimmäisinä päivinä, se kuului sääntöihin. Räävä kivahti Kaisalle, ettei aio istua sähkötuoliin ja se on vietävä pois huoneesta. Syytti Kaisaa jalattomaksi haukkumisesta ja yritti potkaista Kaisaakin.

Räävän suu kävi kuin papupata. Haukkui palvelustalon johtajaa myöden ja halusi tehdä valituksen palvelusta, joka ei vastannut perittyä korvausta. Eiköhän tuokin maannut täällä kiroamassa kunnan varoilla, joten en minä ainakaan olisi uskaltanut tuollaisia mennä ääneen puhumaan. Ihme ettei ole minua vielä haukkunut. Voihan olla ettei noteeraa kun olen hiljaa, en väitä vastaan. Jos erehtyisi joskus kysymään minulta jotain, voisin pyöritellä silmiä päässäni. Luulisi minua bimboksi ja jättäisi rauhaan. Tuskin se hullua potkisi. Kai hullutkin toista hullua sen verran älyävät kunnioittaa.

Kaisalle oli osunut yötuuri, kun vielä myöhään il-

lalla hiippaili rääväsuun vuoteen viereen. Hyräillen
nosti räävän pääpuolta ja kulautti nukkuvan kurk-
kuun juoman. Suljin silmäni, ettei Kaisa luullut mi-
nun kyttäävän tekemisiään. Olin vuoteessa makaava
mitään tietämätön ja ymmärtämätön. Minun kuului
käyttäytyä kaltaiseni tavoin, maata hiljaa koukkusel-
känoita-akkana, millaiseksi aina välillä itseni tunsin.
   Kesälomat lähenivät ja sijaisia tuli harva se päivä
tutustumaan. Näki heti kenen kanssa tulen juttuun
ja ne joiden kanssa en niinkään. He jotka löysivät
peiton alta käteni ja hipaisivat kämmenselkääni esit-
täytyessään olivat parempia kuin ne, jotka vaan kat-
soivat sanomatta sanaakaan. Eräs kesätöihin tullut
nuori hoitaja palasi luokseni vielä esittelykierroksen
jälkeen. Tuli vuoteeni viereen ja otti vanhan pos-
tikortin hyllyltä ja luki sen minulle. Tuumasi kuin
kenelle tahansa ihmiselle käyneensä Tukholmassa
toissa kesänä. Näytti minulle korttia osoittaen siinä
olevaa puistoa, kertoi syöneensä jäätelöä sen puis-
ton penkillä silloisen poikaystävänsä kanssa. Kertoi,
että oli sitten löytänyt uuden pojan, mutta samasta
mantelijäätelöstä piti edelleen. Sitten kysyi minulta
tykkäänkö minä jäätelöstä, kun siellä oli tänään jäl-
kiruokana jäätelöpikari. Pelkästään tämän pienen
keskustelutuokion perusteella tiesin, että tästä nuo-
resta tytöstä kehkeytyisi vielä kunnon hoitaja. Se
osasi puhua ihmiselle niin kuin ihmiselle puhutaan.
Ilman venkoilua ja turhaa esittämistä. Rääväsuu kil-
jaisi tytön nähdessään, ettei häntä keskenkasvuiset
hoida. Hän vaatii johtajaa paikalle ja selitystä, miksi

palvelustaloon otetaan osaamattomia kakaroita vanhuksia hoitamaan. Oliko tuollaisilla edes tietoa lääkkeistä vai oliko tarkoitus tappaa, jotta syksyllä lomilta palaavat hoitajat pääsevät helpommalla. Kesätyttö oli kääntynyt hymyillen naisen puoleen ja esitellyt itsensä, kättä ei tarjonnut. Kai sille jonkinlainen itsesuojeluvaisto oli jo kehittynyt. Kertoi selvällä äänellä nimensä eikä jäänyt muuta puhumaan. Poistui iloisesti heilauttaen ja jätti rääväsuun tuijottamaan peräänsä hiljaisena. Yhden päivän rääväkin voisi koittaa olla hiljaa ja kiitollinen. Kiitos on sana, minkä minä lausuisin, jos voisin. Elämäni jatkuu näiden hoitajien hyvän hoidon armosta. Ja minä haluaisin lausua kerran vielä: kiitos. Nämä hoitajat tietävät sisimmässään, että arvostan heidän tekemää työtä enemmän kuin mitään muuta maailmassa. Ja kun vielä näitä sydämellisiä hoitajia tulee lisää, niin niiden avulla minäkin saan ääneni kuuluviin. He toimivat meidänlaistemme äänitorvena silloin kun omat torvemme ovat lakanneet pärisemästä.

Rääväsuu oli muuttunut hiljaiseksi, ei puhunut mitään, äännähti välillä maatessaan. Kuinkahan äkkiä sitä tottuisi taas hiljaisuuteen, kirosanoista tyhjennettyyn huoneeseen. Kaisakin sanoi räävän olevan poikki, kun ei yhtään raapinut suihkureissulla. Kai se on poikki, kun Kaisa toimittaa vattaa yötäpäivää eikä se yhtään enempää toimi kuin minunkaan ja minä en saa toimittamisjuomia ollenkaan. Minulla on sellainen löysä vatta ja minulla menee mieluummin rikki, kuin lakkaa toimimasta. Kaisasta on tullut niin pikkutarkka pieniin päin alkaessaan. Eikä sen vattakaan ole yhtään pyöristynyt.

34.

Jokaista varvasta vuoronperään ja yksitellen. Käännellen ja hioen, toisistaan erotellen. Kutiaminen ei lakkaa, jalkapohjat muuttuvat iän myötä herkemmiksi. Luulisi varpaiden tottuneen jalkahoitajan kaikkiosaaviin käsiin. Kosketus tuntuu sähköiskuna, päästä varpaisiin ja takaisin. Nilkkani rentoutuvat vähitellen.

Kun olin nuori, hoidin omat jalkani. Saunan jälkeen liotin lämpöisessä suolavedessä, kesällä laitoin koivun lehtiäsekaan. Istuessani lauteilla annoin jalkani liota paljussa ennen vartalon saippuoimista. Polskuttelin vettä ja varpaideni välissä velloi Atlannin aallot miettiessäni maailman menoa. Sitä miten minun käy tullessani vanhaksi. Tulenko minä niin vanhaksi, etten pysty omia jalkoja pesemään. Kuka jalkani silloin hoitaa ja leikkaa kynteni. Vieläkö silloin saunassa tuoksuu terva ja vesi kannetaan järvestä. Nyt minä tiedän vastauksen. En olisi arvannut, että makaan palvelustalon vuoteessa ja varpaani ovat kuin toisen omat. Sirot nilkkani ovat liikkumattomat ja toisten armoilla. Raajani, ulokkeeni ovat lakanneet toimimasta, mutta jokainen entisellä paikallaan. Irvikuvina menneestä - onko tässä järjenhäivää. Onko oikeudenmukaista elää elämää, jota toiset elävät puolestasi. Riittääkö ajatus elämän ylläpitämiseksi. Minä en tiedä vastausta, vaikka paljon tiedänkin ja loput arvelen. Tiedän paljon muiden asioita, mutta joskus pelkään kadottavani ymmärrykseni siitä, millaista on laadukas elämä. Vai onko kaikki puheet arvokkuudesta peiteltyä todellisuutta. Onko se sanahelinää kaikkivoipaisuuden suulla, lupausta, kuvittelua, ettei vanhuus pelottaisi.

Jalkapohjani ovat sileät mentholin rauhoittamat. Jalkahoitaja kysyy laitetaanko lakkaa kynsiin ja ennen kuin kerkiän ajatella, päättää puolestani: "ei varmaan kannata." Olisi voinut laittaa vai olisiko se ollut liian räikeää. Ei väri vaan ajatus. Riettautta vuodepotilaalla. Olisi ollut iloa hoitajille heidän katsoessaan kirkkaanpunaisia varpaankynsiä. Terttu olisi ihmeissään, mutta tuskin pahoillaan. Ylihoitaja Lehtosesta en menisi takuuseen, mutta se ei nostele peittoja ja hoitajat tuskin juoruisivat minun varpaitteni väristä. Osastoni kävelevillä oli varmasti lakkaa kynsissä. Luoja tietää mitä värejä ovat halunneet!

Makasin sohvasängyllä sireenien tuoksuisella terassilla tuulen lämmittäessä kasvojani. Amalia yritti rullata pyörätuolissa terassille, mutta sänkynioli esteenä oviaukon edessä. Amaliaa vietiin kerta toisensa jälkeen kauemmaksi oviaukosta, mutta kohta se oli hilannut itsensä takaisin yrittäen päästä lävitseni. Terassilla oli muita ja Amaliaa kiukutti. Häntä ei voinut päästää ilman valvontaa terassille, josta pääsi pihamaalle ja sen kautta ajotielle.

"Hoivakoti Herra Biepesistä on kadonnut vuoden sisällä suuria määriä parranajokoneita ja partavaahtoa. Koko-

naismäärä nousee useisiin kymmeniin. Talon työntekijöitä ja vierailijoita kuulustellaan tapahtuman vuoksi."

Monotoninen ääni radiossa sai terästämään kuuloani ja jäin miettimään mitä sellaisella määrällä partavaahtoa kukaan tekisi. Herra Biepes oli kylän miehille suunnattu vanhainkoti, joten siellä jos missä niitä tarvittiin. Kuka varastaisi toisen ihmisen partakonetta. Olinko nukkunut ja nähnyt unta, kuullut omiani.

"Tällaistä ei ole koskaan ennen meidän talossa tapahtunut ja syyllinen tullaan löytämään ihan varmasti. En usko, että kyse on katukaupasta, mutta eihän sitä voi varmasti pois sulkea. Tämä on kauheaa ja tapaus tulee varmasti vaikuttamaan kaikkiin täällä työskenteleviin."

Uutisissa haastateltiin Hoivakodin johtajaa Herra Haiproa. Kyllä oli maailmankirjat sekaisin eikä selvemmäksi käynyt Kaisan kommentoidessa uutista.

"Nykyään maksavat käytetystä partakoneesta hyvän hinnan ja jos partavaahto on samaa merkkiä, niin hinta nousee moninkertaiseksi. Ostin viime viikolla Heikille sellaisen käytetyn partakoneen ja maksoin itseni kipeäksi. Tuli samaan syssyyn joulu- ja syntymäpäivälahja ... syntyisi kolme ...."

Näin Kaisan taputtavan vatsaansa, joka ei vieläkään ollut pyöristynyt. Kaisan ääni kuului etäiseltä häviten kokonaan. Korvissani humisi samoin kuin lapsena uidessani hakemaan järven pohjasta valkoisia pyöreitä kiviä.

35

”Auttakaa ne tappaa mun, auttakaa!”

Jos oli ikävän sorttisia aamuherätyksiä, niin tässä nyt oli sellainen. Tuppisuuksi muuttunut oli saanut virtaa vai oliko lopun alkua. Olin kuullut hoitajien puhuvan, että usein kuoleman lähellä oleva sai jostain ihmeellisiä voimia. Piristyi päiväksi ja kuoli pois. Tätä vierustoverini huutoa en kyllä kuolemaa enteileväksi laskisi. Niin kipakka ja syvälle poraavaa se oli. Olin vasemmalla kyljelläni suora näköyhteys vierusvuoteeseen. Ei meidän palvelustalossa mitään sermejä ollut, ei ainakaan minun huoneessani. En minä sellaista tarvinnut, ei minulla ollut mitään salattavaa ja samanlaista ihoa se oli alapää kuin yläpääkin, nauroi Terttu kyllästymiseen asti.

Kuka sitä viitteis toisen ihmisen vaipan vaihtoa kattella tai pukemisia, päinvastoin. Kaisakin kiiruhti lisäkäsiksi ja katkaisi minulta suoran näköyhteyden. Kahden hoitajan työskennellessä näkee hyvin, mutta kolmas peittää näkyvyyden naapurivuoteen tapahtumiin. Hoitajillakin taas alkaneet takalistotkin leviämään. Jos vanhat kuviot pitää paikkansa, niin talven myötä pullaa ja suklaata mussuttamalla pulskistuvat ja keväällä alkaa sen päiväinen jumppaamisesta hössöttäminen, ettei sitä viitteis kuunnella.

”Irti ne kylmät kädet tai puren ne poikki perkele!”

Oliko se oksentanut. Nopealiikkeisiä hoitajia, käsiä ja vikkeliä jalkoja. Märät lakanat saivat kyytiä ja aluspatja pyyhkäyksen. Kaksi tarvittiin pitämään kiinni kolmannen keskittyessä vuoteeseen. Työnsivät selän puolelta lakanaa, liukulakanaa ja sinistä vuodesuojaa. Pyöräyttivät räävän toiselle kyljelle. Yksi otti vastaan työnnetyt lakanat laskostaen patjan alle ylimenevät osat. Yhden piti varmistaa, ettei vastaanhangoitteleva kerkiä potkaisemaan. Se sattuu ja joskus hoitajilla on silmälasit hajonneet, kun joku on kerinnyt potkaisemaan.

Lautasten pohjat hankasivat pöytää, lusikat kilisivät. Joku oli aina ensimmäinen, joku jolla oli pohjaton nälkä. Kalle. Aamupalasta lounaaseen, lounaasta päivälliseen ja päivällisestä iltapalaan. Kallella oli aina iso nälkä ja sen kädet kävivät kuin tynnyrin pesijällä. Sirpaleet tuottavat onnea, sanoi hoitaja kun Amalian piimälasi luiskahti lattialle. Kesäsijainen sai haavan sormeensa kerätessään onnensirpaleita. Amaliaa nauratti, mutta ei se pahaa tarkoittanut, se ei vaan tykännyt piimästä.

Lusikalla rummuttaminen pöydän pintaan saa minut hermostuneeksi. Se ei ole kohteliasta ruuan laittajaa kohtaan ja näyttää sivistymättömältä. Kuitenkin aina joku aloittaa ja saa mukaansa pari muutakin. Lounaan jälkeen jälkiruokaa. Rahkaa useana päivänä ja välipäivinä suklaamoussea. Se on ilmaa täynnä olevaa vaahtoa. Kiertää vattassa pari päivää sotkien paidan ja housut ruskeiksi. On saatu pullaa mössönä, marjapiirakkaa mössönä. On pannukakkua ja mansikkahilloa mössönä ja munkki- possua mössönä. Hoitajat poistuivat ruokatauolle vieden asukkaat ensin ruokaperäsille huoneisiinsa. Jään yksin saliin makaamaan, minun torkkuni ei aikaa eikä paikkaa katso.

Salissa on hiljaista, radio on kiinni. Ruokailujen ajaksi se laitetaan aina kiinni. Ylihoitaja Lehtonen on vaatinut, että ihmisille pitää antaa ruokarauha. Kiinni se loppupäiväksi jääkin, koska myöhemmin avataan televisio. Silittääkö joku kuivaa pellavakangasta, ees taas hinkaten hangaten. Ääni selkäni takana.

Askeleet tyhjällä käytävällä pysähtyvät potilashuoneiden kohdalla lukemaan nimikylttejä. Etsiikö se miesten huoneita, joissa on partakoneita. Nilkuttava jalkapuoli jolla on vikaa jaloissa samoin kuin minulla. Minä en vaan pysty laahustamaan, en edes nilkuta. En nilkuttanut aiemminkaan. Menin suorilta jaloilta, en loppuun asti. Vuoteenomaksi. Laahaava vieras saa olla onnellinen. Laahauksestaan. Pystyy siihen, mihin minäkin haluaisin. Partakoneita en etsisi. Menisin terassille, vaikka sataisi.

36.

Vierustoverini halusi tavata papin eikä pappi tulles-
saan tiennyt millainen ihminen hänet oli tilannut.
Mistäpä hän tiesi. Ei pappi vastahankaisia hoitotoi-
mia ollut näkemässä ja tuskin hoitajat kertoivat syn-
ninpäästöä vailla olevasta yksityiskohtaisia asioita.

Ehkä räävä pyytää tekosiaan anteeksi. Tajunnut ole-
vansa tavallinen kuolevainen ja tuli kiirus varmista-
maan taivaspaikkaa, ettei joutuisi ottamaan paikkaa
murhamiesten viereltä. Tai tälläisen vuodepotilaan
vierestä, josta ei seuraa olisi taivaassakaan.

Eikö taivaassa kaikki olisi liikkuvia ja puhuvia,
täynnä iloa, ilman sairautta. Ei siellä olisi murhamie-
hiä, sama kai se sitten kenen viereen päätyisi. Syn-
nit oli selvitetty, vaikka ihmettelenkin sitä Jeesusta.
Kuinka ihmeessä se kerkisi kaikkien synnit sovittaa,
eihän se edes tiennyt näistä nykyajan synneistä yh-
tään mitään.

Eerik Veli-Matti Piiroinen-Huhtala oli papille oikein
sopiva nimi. Parempi kuin Visa tai Pyry, joilla ovat
poikalapsiaan ruvenneet nimeämään. Pappi oli har-
maahiuksinen, hieman punakka kasvoiltaan. Var-
maan pyöräillyt kylältä, kun pyyhki hikeä otsaltaan.

Odotin naapurivuoteen synninpäästöä mieli
valppaana, en sitä kiellä ollenkaan. Hyvällä minä
kuuntelin, sen vannon, tuomitsemaan minusta ei
olisi. Neuvomaan kyllä jokaista apua tarvitsevaa

ja vaikka niitä äiteja ja isiä, jotka antoivat lastensa juosta edes takaisin palvelustalon käytävällä kirkuen syyttä suotta. Jonkun oven takana saattoi olla silläkin hetkellä omaisia jättämässä viimeisiä hyvästejä kuolevalle eikä hoitaja voinut tulla ottamaan heidän lapsiaan kädestä kiinni ja käskeä olemaan hiljaa. Sellaisesta olisi tullut valituksia ylihoitaja Lehtoselle ja kyseiset hoitajat olisivat joutuneet puhutteluun. Koppihoitoon, sanoi Heikki, kun oli joutunut käymään ylihoitaja Lehtosen kansliassa.

Hiljaista muminaa, en saanut selvää. Ehkä synnit olivat niin suuria, etteivät kestäneet päivänvaloa ja pappihan ei yöllä tulisi, kuin viimeisessä hädässä. Kirkonmies nyökkäili ja otti välillä kädestä kiinni. Kohensi omaa asentoaan tuolissa ja taas nyökkäili, sanoi jotain väliin, kun suu liikkui. Lopuksi luki Raamattua rääväsuulle. Sen minä kuulin, vaikka en luettua kohtaa tuntenutkaan. Vierustoveri kiersi kätensä papin kaulan ympärille ja luulin sen jäävän odottamaan loppuaan, pappi joutuisi ottamaan mukaansa. Minun puolesta olisi joutanutkin, mutta mitä ne seurakunnassa sillä tekisivät. Liian rivo se olisi lapsille seuraa pitämään. Pappi kumarsi vuoteeni kohdalla toivottaen hyvää jatkoa ja Herran siunausta koko palvelustalon henkilökunnalle. Kiitos kiitos, sain ripauksen päästöä minäkin. Sen verran, että saan hyvällä omalla tunnolla haukkua vierustoveria taas rääväsuuksi.

Jos joku kuvittelee vuodepotilaan elämän olevan tapahtumaköyhää niin erehtyy. Tai sitten se vuodepotilas makaa tylsääkin tylsemmän palveluskodin yksitoikkoisella osastolla tavallista happamien hoitajien armoilla.

37

Saapuivat hakemaan rääväsuun maallista omaisuutta. Se oli tiennyt lähtönsä. Oli mennyt seuraavana yönä papin käynnin jälkeen. Oli saanut suunsa puhtaaksi ja mennyt siksi. Parempi kun ei tietäisi mitään menemisestään, menisi vaan. En minä ainakaan halua tietää tarkkaa kellonaikaa tai päivää, koska hetki koittaa. Ei sitä millään pysty hyödyntämään ja ylpeilemään seuraavana päivänä sanomalla: "mitäs minä sanoin"! Ja enhän minä muutenkaan saanut sanaa suustani.

Rouva katsoi miettien hyllyä pääni yläpuolella. Yhtenäinen ruskea hylly, josta ei tiennyt missä kohtaa alkoi vierustoverin puoli. Posliiniesineistä ja muovikukkasista piti arvuutella kenen omaisuutta ne olivat. Syntymäpäiväkorttien takaa erotti nimet, mutta joidenkin takaa nimetkin olivat haalistuneet pois. Minulla ei ollut hyllyllä muuta kuin lapsuudenkodista otettu valokuva ja vaaleanpunainen possu. Muisto possusta, jonka isä teurasti, äiti pisti lihoiksi ja syötiin perheen voimin joulupöydässä. Lopetin possujen lemmikkinä pitämisen, koska oli surullista syödä omaa lemmikkiä ja samaan aikaan olla kiitollinen ateriasta.

Hoitajat ihmettelivät, mistä maljakoita ja vanhoja joulukoristeita kertyy kaappien ylähyllyille ja varastoihin. Ne ovat vainajien, joiden omaiset eivät ole tunteneet tavaroita tai eivät ole huolineet viedä mukanaan. Eihän muovikyntteliköstä saanut yhtä paljon rahaa kuin kultaisesta kaulakellosta, jos omainen halusi muuttaa ne rahaksi. Kyllä joku omainen muistoksikin halusi ottaa, olihan niitä sellaisia omaisia jotka halusivat muistaa. Paremmin muistaisivat jos mamman maljakko olisi kotona kirjahyllyssä eikä tuntemattoman nurkissa pölyä keräämässä.

Yksinolo ei harmittanut, koska huone sai jälleen uutta ryhtiä. Hoitajat kävivät puhumassa puhelimiinsa ja selvittämässä asioitaan. Huoneeni oli helpotus hoitajille. Muiden huoneissa ei salaisuuksia voinut puhua, ne leviäisivät kulovalkean tavoin koko taloon. Ja jos minä olisinkin puhunut kaikki kuulemani asiat, olisivat pitäneet höpsönä, joka kehitteli omaksi ilokseen tarinoita.

Ei Terttukaan voisi luvata, että puhuisin totta enkä lurittelisi omiani joukkoon. Ei Terttu niin hullu olisi, että vannoisi puolestani, vaikka omahoitajana voisi sen tehdäkin. Kyllä minä välillä myönnän laittavani omiani sekaan, huomaan sen jälkeenpäin itsekin. Niinkuin nilkuttava jalkapuoli käytävällä. Se oli ollut pesulapoika, joka pyykkipussia raahatessaan oli saanut äänen aikaan. Näin pojan seuraavana päivänä ja ei se yhtään nilkuttanut. Saanhan minä ajatuksillani leikkiä, rönsyillä ja kuvitella olemattomia. Yleensä minä pysyn asiassa ja myönnän menneeni hakoteille, jos olen kerta mennyt.

”Tullin henkilöautosta tekemä parranajokonelöytö johti Helsingissä toimineen rikollisjengin jäljille. Paljastui sarja törkeitä partavaahtoainerikoksia, jotka koskevat salakuljetuksia yli Suomen rajojen ...”

Olin saanut radion omaan huoneeseeni Kaisan toimesta. Hän oli löytänyt alakerran varastosta ylimääräisen radion ja halusi ilahduttaa minua. Kaisan radiosta tuli mielenkiintoista ohjelmaa. Ei mitään tylsiä kuunnelmia tai puhkikuluneita mietelauseita, joita päiväsalin radio sylki yhtenään. Hartaita säveliä, pyh. Minä halusin jännittäviä juttuja ja suuren maailman kuulumisia. Minun radiosta oli alkanut tulemaan päivä päivältä enemmän mielenkiintoisia uutisaiheita ja aikani meni mukavammin, yksin olo unohtui.

Kaisan raskaus eteni hyvin, vaikka vatsa ei kasvanut.

Ylihoitaja Lehtonen säteili vihreässä jakkupuvussa ja korkeissa koroissaan, näytti pidemmältä kuin koskaan aiemmin. Salin etuosassa oli pöytä ja näyttävä ruusukimppu, jossa oli suurikukalliset ruusukkeet ja koristevihreää. Vieressä oli kaksi vaaleanpunaiseen käärittyä pakettia.

Ikkunoiden viereisistä pöydistä en tuntenut ketään, mutta osaston oven lähellä olevasta pöydästä tunnistin tutut hoitajat mansikkakakkua syömästä.

Eskon kauas kantava nauru kiinnitti huomioni ja samassa pöytäseurueessa näkyi olevan Heikki Kallen ja Amalian kanssa. Helga ja kesäsijainen istuvat sivummalla ja muut potilaat salin keskellä olevissa pöydissä. Päiväsalin valtava pöytä oli erotettu pieniksi neljän, viiden hengen pöytäseurueiksi.

”Kiitos kaikille valtavan paljon” ylihoitaja Lehtonen pyyhki silmänurkkiaan valkoisella liinalla.

"olen saanut tavata ihania ihmisiä näiden vuosien aikana, en koskaan tule unohtamaan ketään. Tulette olemaan kaikki mielessäni lopun elämäni ... täällä työskennellessäni olen saanut tehdä juuri sitä työtä mitä eniten olen rakastanut. Nyt minunkin on aika siirtyä eläkkeelle, vaikka hieman suunniteltua aiemmin. Tästä lähtien aion viettää aikaani enemmän mökillämme Kuhmossa ja vihdoinkin kaivaa ullakolta esiin sadat runonpätkät, jotka nuoruudessani kirjoitin ..."

Ylihoitaja Lehtonen nauroi jo vapautuneemmin ja se tarttui muihinkin, minäkin hymyilin mielessäni tuntien ikävää jonyt.

Ehkä hänen naurunsa salaisuus oli siinä, että ylihoitajaLehtonen ei turhia koskaan nauranut. Hän oli vakava ihminen, jonka ensisijainen tehtävä oli hoitaa työnsä kunnialla. Ehkä silloin, kun ylihoitaja Lehtosella oli naurun aihe se pulppusi sydämen pohjasta. Turhannaurajaa hänestä tuskin tulisi eläkkeellä ollessakaan. Ylihoitaja Lehtosen tilalle nimitettiin Terttu Huopalahti. Arvasinhan minä! Terttu siirtyisi lasiseen konttoriin paperitöihin ja minä menettäisin omahoitajan. Oven ulkopuolella lukisi: "Ylihoitaja Terttu Huopalahti". Voisinko minä enää ajatella Terttua Terttuna. Ei, kyllä minun pitää oppia ajattelemaan ylihoitaja Huopalahti. En näkisi Terttua enää yhtä usein, koska konttori sijaitsi osaston ulkopuolella pitkän käytävän puolivälissä. Jos minua viedään toiselle osastolle niin ohimennessä näkisin Tertun istumassa lasikonttorissa, jos hän ei ole etäpäivillä. Anna oli kertonut omaisille, että ylihoitajalla oli etä-päiviä. Kuulosti pahalta, kun vaan Tertulle ei sellaisia sattuisi liikaa. Tuntui haikealta, mutta olin iloinen Tertun puolesta. Hän oli oikea ihminen jatkamaan ylihoitaja Lehtosen arvokasta työtä.

38.

Saunapäivä maanantaina, tiistaina viriketuokio, uutisrinki kun aikaa riitti. Jalkahoitajaa ja tukanleikkuuta tarvittaessa. Vaa`alla käytiin joka toinen kuukausi, paitsi minä, jonka paino ei punnitsemalla parantunut. Pituutta seurasivat niiltä, jotka omin kontein seisoivat. Aamupala aamulla, lounas keskipäivällä, iltapäivällä päivällinen. Ehtoolla iltapalaa ja juhlapäivinä parempaa.

Partakoneiden salakuljettajat, yölliset mehunjuojat ja nilkuttavat kulkijat. Uusia sijaisia ja terapiaeläimiä. Kirkuvia amalioita ja muita hulluja. Hoitajista puhumattakaan. Yöperhosen saapuessa päivä oli pulkassa ja jos ei ilmestynyt tuuriinsa yöstä tuli kiireinen. Yleensä tulivat, elleivät olleet oksennustaudissa. Silloin ei kannattanut tulla. Olin päättänyt pitää elämästäni kiinni. Paljon oli nähtävää jäljellä, ajatuksia puitavana. Olin tyytyväinen hoitajiin ja hoitajat tyytyväisiä minuun. Kaikki hyvin.

Sain Terttua nuoremman omahoitajan, jolla oli vanhan ihmisen nimi, Orvokki. Kahden pienen pojan äiti. Niillä oli eri isä ja toisella pojista aadeehoo, kouluun menoa lykätty vuodella. Orvokki oli ollut lapsena itse samanlainen, mutta lukenut hyvän ammatin. Pysyi rauhallisena lääkkeiden avulla. Muistan Kettusen Keijon, joka häiritsi oppitunneilla. Opettaja seisotti poikaa luokan edessä harvase päivä. Joskus poika jäi laiskanläksyjä lukemaan, mutta siitä riemastunut enemmän. Hyvästä perheestä, mutta sillä oli vaikea luonne ja myöhemmin metallirasiassa pillereitä. Sellaisen ottaessaan se rauhottui.

Tyynelle tuotiin monta kertaa päivässä lääkekuppi, jonka hoitajat kippasivat hänen suuhunsa. Kiisseliä päälle ja pillerit liukuivat alas. Rääväsuulle tuotiin pilleriä jos minkälaista, joskus sille tuotiin lisälääke.

"Tässä tälläinen lisälääke, vähän niinkuin vitamiini, se helpottaa."

Onneksi minä en tarvinnut lääkkeitä, joskus nuorena otin asperiinin päänsärkyyn ja välillä kissanpissanmakuisen puikulan siihen veeteeiihin.

Avoimesti Orvokki kertoi asioistaan, mutta niin nykynuorilla oli tapana. Kertoa häpeilemättä tuiki tuntemattomalle. Ehkä vieraalle olikin parempi puhua. Ei tarvinnut pelätämitä vastaisivat, koska ei sellaisilla ollut tarvetta vastata, eihän ne tiennyt asiasta tarpeeksi vastatakseen yhtään mitään. Korkeintaan nyökkäsivät ja se oli parasta palautetta. Tutut arvostelivat vedoten tuttavuuteen. Sanoisivat loukkaavasti ja veisivät halun puhua mistään. Tai olisivat oikeassa. Se ei ollut kivaa kuultavaa, jos joku osuisi oikeaan. Se satuttaa ja sellaista riskiä ei uskalla ottaa. Niin kuin Leena, jonka luulisi kuuntelevan muiden neuvoja raha-asioissa. Minulle oli helppo puhua, kun en heittänyt takaisin "mitä minä sanoin"- kommentteja. Minä vain ajattelen niin.

Ilmastointilaite katonrajassa piti hurinaa, olikohan

siinä taas vikaa. Hoitajat pyyhkivät hikeä otsaltaan luoden vihaisia katseita ikkunan yläpuolelle. Tulivat terassille haukkaamaan happea, lämmintä tuulenvireetöntä ilmaa. Taivas oli korkealla, pilvet lipuivat yläpuolella. Sinivalkoisten hattaroiden ja minun välissä ei ollut ikkunalasia vääristämässä värejä. Olin osa luontoa. Nautin lämmöstä, joka kiinnittyi ihon pintaan, kulki päästä jalkoihin. Nyrkkiin puristuneet käteni kylpivät auringossa ja veri kiersi rystysissä. Kuvittelin suoristavani sormeni antaen ilmavirran luikerrella rystysien välissä. Polveni nauttivat tuulen hyväilystä ilman untuvapeittoa. Varpaani vapautuivat, aurinko oli pehmeämpi kuin yhdetkään villasukat.

Naapuriosaston Piia oli siirretty osastollemme vakituiseksi hoitajaksi ja hänen mielestään jokaisen piti päästä ulos kerran viikossa, liikkumattomien vuodepotilaidenkin. Hän oli keksinyt kuinka vuodesohvat saataisiin mahtumaan oviaukosta. Heikki ja Esko raijasivat niitä edes takaisin ja nyt osaston jäykimmätkin pääsivät nauttimaan suvesta. Kukkaverhoni hulmusivat avonaisesta ikkunasta. Verhot pyyhkivät rapattua seinää heiluttaen minulle. Ne olivat kaikessa kirjavuudessaan lumoava näky ja aiheuttivat kateutta muiden mielissä. Lähetin hyväntuulen terveiset Tyynelle, vaikka taivaassa hyvyyttä ja lämpöä riittäisi ilman minun terveisiäni. Lähempänä aurinkoa se Tyyne oli kuin minä. Suljin silmäni auringon alla ja nautin.

Hahmo huoneessani, näin kaukaa. Kuka se oli,

miksi kukaan olisi huoneessani minun ollessa terassilla. Piia ja muut hoitajat olivat täällä ja Esko luki lehteä päiväsalissa. Sisälle jääneistä potilaista ei kukaan kävellyt. Kalle ja Jaakko kinasivat terassilla oliko kesän lämpöennätys rikottu Porissa vai Kemiössä. Se meni rikki Utsjoella, mutta kuka hääräsi huoneessani. Oliko eristyshuoneen potilaat lähteneet liikkeelle. Joku hoitajista saisi juosta katsomaan ennen kuin tappajabakteeri leviäisi saastuttaen meidät kaikki.

39.

Kuulin juoksuaskelia käytävillä. Amalia kirkui ja Anna komensi takaisin huoneeseen. Heikin matalasta äänestä en saanut selvää. Ambulanssin sireeni voimistui kunnes loppui seinään. Punakeltaiset kantoivat pitkää vuodetta välissään ja heidän ronskit askeleensa vaimenivat vaippavaraston ja liinavaatekärryn kohdalla. Vaippoja tuskin hakivat, sen enempää kuin lakanoita. Jäljellä oli eristyshuone. Punakeltaiset palasivat kantaen välissään vuodetta, jonka päälle oli vedetty valkoinen lakana. Seuraavina päivinä toivoin kuulevani eristyshuoneen tapahtumista jotain, en yksityiskohtia, mutta jotain mitä voisin ajatella, laittaa järjestykseen.

Alaselän kipu oli yltynyt, keskityin liikaa itseeni, tiesin sen. Pieni tiedonjyvä eristyshuoneen tapahtumista pelastaisi minut, estäisi vajoamasta tiedottomuuteen, tilaan jota eniten pelkäsin. Hetkeä, jolloin menettäisin lopullisesti itseni ja muut ottaisivat ajatukseni ja väittäisivät omakseen. En olisi silloin enää helppo vuodepotilas. Olisin vain. Olisin vain ovesta ensimmäinen. Luoja tietää kuinka pelkäsin tuota tilaa.

Kaisa kutitti varpaitani. Asetteli maljakossa olevat kukat ojennukseen ja keräsi pöydälle tipahtaneita lehtiä. Hymyili ja oli terveen näköinen. Posket punoittivat kertoessaan olevansa onnellinen päästessään takaisin sorvin ääreen lomansa jälkeen.

Oliko Heikillä alakerrassa verstas, siitä en ollut kuullut. Ja mitä Kaisa siellä tekisi. Satuttaisi vaan itsensä vaarallisilla koneilla. Ei se Heikkikään mitään tajunnut, jos päästi tulevan lapsensa äidin terävien vehkeiden lähelle. Kyllä se Kaisa joka paikkaan oli itseään työntämässä.

Luumupuuroa tai vatkattua luumupuuroa, tai luumukiisseliä. Mitä tahansa luumusta, koska lounaalla oli hernekeitto. Nämä kaksi ruokaa kulkivat käsikädessä.

"tiedossa ripulipommipäivä, onneksi on huomenna vapaata!" Leena oli huutanut.

Mietin pommia, jota ei tullut. Edelleen hernekeitto ja luumu kulkevat käsikädessä. Olin saanut ajatukseni takaisin. Pommi tai ajatus, pääasia että asioita tapahtui. Kaikki oli hyvin, hoitajilla asiat kunnossa, kesätytöt touhua täynnä ja Orvokin pojat kesää viettämässä mummonsa luona. Terttu oli löytänyt paikkansa lasikopista ja ylihoitaja Lehtonen lähetti viikottain kukkakortteja.

Nak, nak, nak, nak, nak. Naakka naksuttaa.

Naksuttaja naakka. Viisi kertaa.

Naakka koputti pienen mökin tuuletusaukolla. Se halusi sisälle lämpimään ennen talvea. Joka kerta kun ihminen astui ulos mökistä ja meni sen luo, naakka lennähti muutaman metrin päähän ja jäi tuijottamaan ihmistä.

Kun ihminen palasi takaisin mökkiinsä, naakka lennähti tuuletusritilälle.

Se naksutti viisi kertaa ja hiljeni. Viisi kertaa.

Se halusi leikkiä ihmisen kanssa. Se tiesi, että utelias ihminen tulee aina uudestaan.

Viisas lintu tiesi ihmisen tulevan luokseen itsensä vuoksi. Mökin ihminen ei välittänyt siitä, että naakka oli musta ja ruma.

Se ihminen tuli muista syistä. Se halusi naakasta ystävän ja pitää huolta siitä, päästää lämpimään ennen pakkasten tuloa.

40.

Esko omisti diakoneen. Kaikki odottivat jännittyneenä, mitä Tertulla oli mielessään, jopa Amalia oli vatkaamatta. Aurinko paistoi päiväsalin ikkunan läpi viistosti muodostaen polun taivaaseen. Sateen keskellä miljoonat pölyhiukkaset leijailivat ylös valoa kohti. Siinä oli jotain sanoin kuvaamattoman levollista, jotain tuttua.

Potilaat ja hoitajat olivat päiväsalissa. Eristyshuone oli tyhjä, koska sieltä ei tuotu ketään katsomaan diakuvia. Eihän sieltä olisi voinut tuodakaan saastuttamisen pelossa. Hyvä siis, ettei se joku joka olisi siellä ollut, ollut siellä. Muuten sille olisi tullut paha mieli, kun ei päässyt muiden seuraan. Olin hyvilläni sen puolesta.

Terttu toivotti kaikki tervetulleeksi katsomaan kuvia valkokankaalta.

”Kerrankin kaikki hoitajat yhtä aikaa paikalla, historiallista ettei kukaan ole poissa, todella hienoa!”

Miksi Terttu valehtelee kaikkien olevan paikalla, kun minäkin näen, ettei Kaisa ole. En halua aloittaa ilman Kaisaa. Odottakaa Kaisaa! Katsokaa ympärillenne, älkää unohtako Kaisaa.

”Aloitetaan diojen katselu, niin päästään terassille ennen sadetta!”

Terttu katsoi taivaalle, harmaalta näytti, saattaa

ryöpsäyttää vettä. Tyynen naama vilahti kuvien joukossa ja minun tietysti, vanhan konkarin. Oli kuvia koiranpenikoista uutisrinkiin. Pallon heitosta lauluhetkiin. Pihakuvia grillijuhlista ja jokunen nolo saunakuva. Joissakin kuvissa nyt jo vuoteessa makaavat seisoivat omilla jaloillaan. Ne näyttivät erilaisilta, pidemmiltä seistessään.

"Tässä kuvassa on tämän talon ensimmäinen ylihoitaja, Kaisa. Kaisa Fredriksson. Hän jäi eläkkeelle vasta 70-vuotiaana ja kuolemasta tulee kohta kymmenen vuotta. Kuinka aika menee nopeasti ..."

Terttu pyöritteli päätään puolelta toiselle katsoen lakanaan heijastettua kuvaa.

" ...siinä oli ihminen, joka ei koskaan kävellyt kenenkään ohi sanomatta hyvää sanaa, hänellä oli aikaa potilaille, omaisille ja meille hoitajille. Välillä tuntuu, että hän olisi täällä vieläkin ...."

Käänsin katseeni lakanaan. Kaisa oli diakuvassa, minun Kaisa hymyili tuolla kuvassa, seinälle heijastettuna, vaaleat hiukset valloillaan. Miksi Terttu puhuu menneestä, minä tiedän, minä muistan miltä Kaisan käsi tuntuu poskella. Se oli tänään viimeksi tuntunut. Ajatukseni temppuilevat, eikö niistä ollut enää minulle. Kerkiiväinen Kaisa hymyilee lakanassa vieläkin. Se oli viimeinen dia, sanoi Esko.

Olen hiljaa – olen siis tyytyväinen. Olen helppo vuodepotilas.

Olen ajatellut tässä asioita, kaikenlaisia mieleeni tullut. Sellaisia, joista en olisi välittänyt, joita en saanut ajattelemalla valmiiksi. Olkoon sitten niin, ettei niitä tarkoitettu ajateltavaksi. Annan periksi niissä asioissa, joita en ymmärrä.

Katselen tutuksi tullutta kattoa yläpuolellani, valkoinen katto. Hyvin palvellut ja alla kohtalaisen hyvä vuode. Olenkohan maannut liikaa, katsellut tarpeeksi näitä seiniä ja järjestellyt hoitajien asioita. Onhan tässä ollut vuodesta toiseen hyvä maata, jotain vaihtelua kyllä kaipaisin. Heikki sanoisi: *"äkkiä jotain säpinää"*. Keinutuoli, kukkaverhot. Pitkäkaulainen joutsen hyllyllä. Näen sen. Kuinka minä voin nähdä valkoisen joutsenen takanani. Ja Katri. Miksi Katri on tullut tänne ja sillä on tukka leteillä. Isä hymyilee Tyynen vieressä. Kaisa antaa kätensä:

"Joko mennään, ettei tule taas kiire"? Siinä se Kaisa nyt on enkä ollut enää varma olinko minä. Mutta toisaalta, oliko sillä niin väliä, jos omisti niin hyvän hoitajan kuin Kaisa.

"Mennään mennään" ojennan hymyillen käteni Kaisalle.

Taisi tulla niitä säpinöitä.